董平刺殺番将目

李俊等听令去了只見小校報曰西北上一彪軍馬打皂雕旗望檀州来吳用曰必是遼国救兵
可先令一將截殺挫其鋭気宋江便差張清董平林冲関勝各帶五千軍前去源水遼王聞宋江
北領兵奔檀州特差両个皇侄一名耶律国珍一名耶律国宝乃是遼国大將皆有万夫不当之
勇領五万番兵来救檀州看〻至近迎着宋軍両下擺開陣勢両員番將一才
仝様披掛上馬但見

頭帶粧金三义紫金冠　身披錦边鎖子黄金鎧
外穿猩〻血染絳紅袍　袍上斑〻錦織金翅　腰繫白玉帶　背插[illegible]
牌　左边袋内插雕弓　右边壶中攅硬箭　手中搭丈二绿沉鎗
騎九尺銀鬃馬

番將兄弟両个両條鎗殺出陣来宋將董平上馬番將耶律国珍喝曰〻
寇敢犯吾大国董平大怒拍馬撚鎗直取国珍両馬相交双鎗並举
被董平一鎗正中咽喉国珍落馬国宝見兄落馬便搶出来救宋江[illegible]
錦袋内拈个石子手起喝声正中国宝面上翻身落馬関勝林冲驟[illegible]
兵大敗而走当時割下両顆首級奪了袍甲金牌并戦馬一千餘疋[illegible]
県来見宋江大喜當[illegible]三軍[illegible]董平張清第二功宋江令林冲関
軍馬從東北上進発自統中軍從東南上進兵只听得炮响一齊攻打又差炮手凌振
鮑旭牌手項充李衮將帶滚牌手一千直去[illegible]更为期〻
檀州尋[illegible]救兵[illegible]
十[illegible]
[illegible]見郎王[illegible]番兵又振潞水河[illegible]有[illegible]粮[illegible]舟陸路又有軍馬来了侍
个識水路錯把粮舡泊在那里陸路軍馬定是来尋粮船的便差咬兒惟康引一千軍[illegible]
宋江八馬又令楚明玉曺名済放開水門放舡出去奪他粮舡便是汝等之功有詩为証

妙算從来迥不同　檀州城下列艨艟
侍郎不識兵家意　反自開門把路通

林冲関勝阻攔侍郎

且說当晚黄昏左[illegible]剛李逵樊瑞引一千步軍攻城咬兒惟康領軍馬出
李逵樊瑞項充李衮四將引步軍都是勇力牌手就吊橋边冲住番
里能勾出城侍郎在城中見軍馬冲突出去急令楚明玉曺名済開水[illegible]
此时宋江水軍頭領已自先伏在舡中見他水門開了絞起閘板放出[illegible]
凌振得了消息使放起号炮来宋軍戦舡両边厮迎將来左边李俊[illegible]
左边阮家三兄弟各使戦舡冲入番舡隊裡楚明玉曺名済急待要[illegible]
宋軍都跳过舡来五个頭領搶了水門楚明玉曺名済各自上岸逃生[illegible]
一把火起凌振又放一个車廂炮那炮直上半天裡响侍郎听得火炮[illegible]
得魂不附体李逵等众直殺入城侍郎和咬兒惟康見城門被奪只得棄城望
北而走未及三里正撞着関勝林冲両將攔住去路侍郎怎生奈何正是大罗密佈难移步地網
高張怎脱身且听下回分解

〇第七十九回　宋江兵打薊州城　俊〻又大戰玉田県

盧俊义與朱武設計

志气冲天貫斗牛　便将遊虜尽平收　檀州驍將俱心碎　遼国雄兵眼淚流

紫濵鳳高横劍戟　黄沙月冷照戈矛　絶怜忠义男兒志　談笑功成定九州

却說咬兒于康正走之間又撞着林冲関勝大殺一陣剌斜裡死命撞延却說宋江大隊軍馬入檀州出榜安撫百姓賞勞三軍及将在城遼国所用官員仍前委用表奏天子天子見表大喜随即降旨欽差樞密院同知趙安撫統領二万御林軍馬前来助戰却說宋江等听报出郭迎入檀州府内众頭目尽来相見這趙安撫是趙家宗派为人寬仁厚德謂宋江曰圣上已知汝等建功特差下官賚金銀段疋一十五車但有奇功申奏朝廷加封汝等宋江等拜謝趙安撫□□檀州將朝廷頒賜分散軍將一面勒回各路軍馬所調有楊雄曰前面便是薊州是大郡錢粮極廣乃是遼国庫藏打了薊州諸処可取宋江与吳用計議却說侍郎與咬兒于康正徑東走撞着楚明王唐名済引着敗残軍馬一同投奔薊州入城見御弟大王耶律得重訴說失了檀州大王曰你且在軍中封護救此城話說未了只見流星探馬报来曰宋江兵分兩路来打薊州一路殺至平峪縣一路殺至玉田縣御弟大王所报即令侍郎引本部軍□任平峪縣口自引迎他厮殺一边開报霸州幽州兩路軍馬接應有詩為証

薊州遼奴原自少机謀　宋江兵势如雲捲　直取戎王作虜囚

峪縣見前面□□□□就于縣□□發又一万人馬前□□□縣界

天山　中張清

札典軍師朱武計議曰我軍遠来不知地利何策可取□意可將陽佐擺兵長蛇之陣擊首則尾應擊尾則首應擊中則首尾相應循环无端如此則不愁地理生疎盧俊义先鋒大寇遂催兵前進直抵玉田縣城下守城居民逃竄莫敵盧俊义奪了城池望見遼兵蓋地而来但見

殺気　黑霧濃々至　黄沙漠々連　皂雕旗展一派烏雲　拐子馬蕩半天　青毡笠兒似千池荷葉弄輕風　鉄打兜鍪如方領海洋凝曉日　人人衣襟左掩　个个髮搭齊眉　連环鉄鎧重披　刺納戰袍緊勒　番軍壯健黑面皮紅鬚髮　馬咆哮闊膀廳鋼腰鉄腳　牛角弓攙沙柳箭　虎皮袍襯窄雕鞍　生居邊塞会挽硬弓　世本朔方能騎劣馬　銅腔番鼓軍前擂　芦葉胡笳馬上吹

那御弟大王耶律得重引兵一万带四子来到擺開陣势宋軍中朱武上雲梯看了曰番人佈下五虎靠山陣不足为奇朱武把号旗招動左盤右旋也排一陣是鯤化爲鵬陣盧俊义曰何爲鯤化爲鵬朱武曰北海有魚其名曰鯤能化大鵬一飛九万里此陣遠近看只是個水陣若来攻時一發變做大陣因此喚做鯤化为鵬盧俊义称贊不已对陣敵軍門旗開処那御弟大王親自出馬四太子分在左右都是一般披掛但見　頭戴鉄鍐𥂕　創鑐番𥁞　上拴着黑毬纓　外襯宝貝鑌柳葉納甲　腰束獅蠻金帶　身披梨花錦袍　各々插強弓硬弩　人人騎駿馬雕鞍　腰懸斜插昆吾劍　手内斉拿掃箒刀

擺開在陣前高声大罵曰水律草寇何敢犯界盧俊义曰誰敢当先只見大刀関勝舞起青龍偃月刀拍馬向前耶律宗雲舞刀躍馬来迎兩个閗上五合耶律宗霖拍馬舞刀協助胡延灼掃起兩鞭向迎那兩个耶律宗電耶律宗雷兄弟挺刀躍馬出這里徐寧索超拳起兵器相迎八匹馬絞做一團正閗之間沒羽箭張清縱馬出陣却有檀州敗軍認得張清慌忙報知大王曰那穿綠袍將慣使飛石須以隄防番將天山勇曰大王放心教他吃我箭天山勇手挽强弓赶过陣前張清取石子在手看番將当頭一石子從盔上打过天山勇裝定弩箭覷着張清挍親一箭射来張清叫声呵也正中咽喉落馬双鎗將董平九紋龍史進死命救回拔出箭来血流不止便東身死在盧俊义節令鄒淵鄒潤扶張清上車回檀州教神医安全有詩为証

張清石子絶如神　陣上英雄認得真　此日却逢強弩箭　当喉一射便翻身

只見陣前喊声又起報曰西北上有一彪軍馬殺来逼入陣中四將各敗回本陣四員番將乘勢赶来西北上又有番將兩下夾攻宋軍不能相救盧俊义忘个破綻宗霖刀砍入来被俊义一鎗刺下馬去那三个咣得死心戀戦殺回盧俊义殺將入去遼兵四散奔走再行數里約近初更又撞一彪軍馬俊义問之却是呼延灼韓滔彭玘俊义大喜合兵一處呼延灼曰奈我軍各散小將冲開陣勢和韓滔彭玘直殺到此不知諸將如何俊义説力戦番將之事共呼延灼等望南而行不过數里有軍攔路呼延灼曰黑夜怎能厮殺等天明决一死戦对陣听得問曰来者莫非呼將軍否胡延灼認得是関勝声音便叫曰盧頭領在此众頭領都下馬席地而坐関勝曰陣前大利你我不相救应我和宣賛郝思文單廷珪魏定国五騎馬領一千軍餘尋到此幸逢奇遇將近天晚众人望玉田県来見一彪人馬哨路却是董平徐寧都礼王田県中計点众將不見解珍解宝楊林石勇步軍五千餘人盧俊义煩惱巳牌时候報曰解珍解宝并軍巳回盧俊义喚来問时解珍曰俺四个深入重地迷踪失路急切不敢回轉今早又撞見遼兵大殺一場幾到這里俊义令將耶律宗霖首級于玉田県号令撫諭百姓忽報遼兵四面把県圍了俊义大驚引燕青上城看时火光競天見一將騎馬当先乃是雲燕青曰昨日張清中他一箭今日我替他还礼燕青取出弩一箭射去正中番將落馬急救退去盧俊义共众將曰雖然一箭遼兵稍退天明必来攻圍怎生救解朱武曰宋哥哥若知消息必来救应有詩为証曰

独馬單鎗夤夜行　一番遇敵一番驚　四面天驕圍古県　請看何計退遼兵

次日天明望見遼兵四下圍得鉄桶一般只見東南塵土起処兵馬擁至望見曰此必是宋公明兵到可准備接应県見遼兵紛紛退去俊义傳令開門驅軍出城追殺遼兵大敗奔回薊州宋江鳴金收軍進玉田県與盧先鋒計議攻打薊州撥下柴進李应李俊張横張順阮小二阮小五阮小七王矮虎一丈青孫新顧大嫂張清孫二娘裴宣蕭讓宋清樂和安道全皇甫端藺威龍猛王定六隨護趙樞密鎮守檀州其餘諸將分作二処進發宋先鋒左軍人馬四十八員軍師呉用公孫勝林冲花栄秦明楊志朱仝雷横

徐寧林冲刺死番将

刘唐李逵魯智深武松楊雄石秀孫俊(?)鄧飛呂方郭盛樊瑞鮑旭項充李袞穆弘穆春孔明孔亮燕順馬麟施恩薛永宋万杜迁朱貴凌振湯隆蔡福蔡慶戴宗蔣敬金大堅段景住时迁郁保四孟康盧先鋒領右軍人馬三十七員軍師朱武関勝呼延灼董平張清索超徐寧燕青史進解珎解宝韓滔彭玘宣贊郝思文单廷珪魏定国陳達楊春李忠周通陶宗旺鄭天寿龔旺丁得孫鄒淵鄒潤李力李雲焦挺石勇侯健杜興曹正楊林白勝分兵両路来取薊州宋先鋒引兵望平峪県進発俊义西王田県引兵進発原来這薊州城郭堅固耶律得重折了両个孩兒更有十数員戦将一个總軍大将喚做宝密圣一个副總兵叫做天山勇守任薊州且說宋江見軍士連日辛苦傳令暫歇差人檀州問張清箭鉎如何安道全使人回曰只今調理濃水將乾无事目今炎天軍士多病禀过趙安撫差蕭讓宋清前往東京收買藥料皇甫端亦要関給治馬藥料就报先鋒知道宋江心中大喜又謂[illegible]石秀时迁原在城裡居住前日殺退遼兵我教时迁石秀雜在軍中裡面必然投薊州城内去了时迁曾說城内有一宝严寺中間大雄宝殿前有一座宝塔極高我教他在寺藏躱只等我軍攻城急时却去塔上放火为号裡应外合計必成奂這裡一面進兵逕到薊州来且說御弟大王自折了二子心中煩悩與大将宝密圣天山勇洞仙侍郎商議曰前日涿州覇州両路救兵各自分散今宋江合兵来打薊州怎生奈何[illegible]兵若来小将可敵定要活捉此賊寺[illegible]有一个[illegible]的好生利害[illegible]

差軍攻打薊州城池

[illegible]子被我一箭射死了正計議間忽报宋江軍到御弟大王[illegible]城迎敵両下[illegible]寶密圣横搠西馬宋江傳令曰誰敢斬將奪旗只見林冲西[illegible]三十餘合不分勝敗林冲大喝一声一矛刺寶圣于馬下両軍発喊番将天山勇見[illegible]寶密圣挺鎗西馬宋江陣中徐寧挺鈎鎌鎗来迎戦二十餘合被徐寧手起一鎗把天山勇搠死馬下宋江見斬了二將催軍赶殺遼兵大敗薊州奔走宋江人馬赶了十里收軍回寨賞勞三軍次日傳令拔寨齊起直抵薊州御弟大王見折了二員將甚爱又报宋軍到忙令侍郎引本部人馬出城迎敵侍郎同咬兒于康楚明王曹名济領一千軍馬既下擺開宋軍索超提斧出陣番將咬兒于康拍馬挺鎗出陣両人鬪到二十餘合咬兒于康抵敵不住撥馬便走索超拍馬赶上手起斧落把咬兒于康劈死馬下侍郎忙令楚明王曹名济急去迎敵宋軍史進拍馬舞刀直取二將史進奮勇先將楚明王砍于馬下那曹名济却待要走史進赶上一刀亦砍了首級史進縱馬殺入遼陣宋江鞭稍一指大軍掩殺直赶到吊橋边番兵急退把城門閉上緊守一面申奏大遼郎主一面差人往覇州幽州求救

詩　醜虜猖狂犯敵鋒　宋江兵將孰能同　可怜身死无人救　魂蕩荒原血染紅

宋江與吳用曰此城緊守何時可得吳用曰城中有石秀时迁必有机变只教四面竪立雲梯攻城再教凌振四門放炮攻緊其城必破宋江即傳令計四面連夜攻城御弟大王見宋兵四門攻擊甚緊尽驅百姓上城守護当下石秀在城中宝严寺内只見时迁来报曰城外哥哥軍兵打但

甚緊急石秀便教时迁去塔上放火我去州衙内放火二人議定当夜二更时迁先去塔上放火來那塔最高火起时照見城外二十餘里又去伏殿上放火城中鼎沸起來石秀在薊州府衙内放起火來薊州城内三処火起知有細作百姓无心守城各自奔回頂家御弟大王見三処火

宋江打入薊州城内

起知宋江有人入城慌忙帶老小裝載上車領本部軍馬開北門逃走宋江見城中慌乱催軍掩殺搶入薊州城令救滅城中火天明出榜安民賞勞三軍功績簿上標石秀时迁功勞次行文書申呈趙安撫知会安撫回文書來曰目今炎暑暄熱未可動兵姑待天凉再可進兵宋江回文教盧俊义領原分撥軍將于玉田県屯扎宋江兵守薊州却說耶律得重與洞仙侍郎帶領老小奔回幽州來見大遼郎王二人俯伏玉階之下放声大哭郎王曰爱弟休哭当以奏知耶律得重奏曰宋朝童子皇帝調宋江兵來势大难以抵敵損臣二子折了四將先失檀州次陥薊州特來請死大遼国王聞奏問曰引兵主將何人班部中右丞相褚坚出班奏曰臣聞宋江原是梁山泊水滸寨草寇宋朝節次調兵勦捕不得童子皇帝三番降詔招安他有一百单八人上应天星智勇足備恐难制伏乞王量裁国王曰恁的怎生區処班中轉出一員官乃歐陽侍郎俯伏奏曰臣虽不才愿献小計可退宋江郎王大喜曰卿有何妙計有西江月一首云　一自遼兵侵境

中原宋帝興兵　水鄉取出众天星　奉詔去邪归正　暗地时迁放火　更兼石秀同行

并膀打破永平城　千載功勳可敬

歐陽侍郎奏王退兵

当时歐陽侍郎……弄权嫉賢妬能閉塞賢路臣愚見我王可加官爵重賞……得這枝軍馬取中原如同反掌郎王依奏差歐陽侍郎为使臣帶名馬錦段各一百八疋勅命一道封宋江为鎮国大將軍總領遼兵大元帥送金一提銀一秤权为信物归遼之日尽数加官封爵只見班部中兀顏都統軍出班奏曰臣有二十八宿將軍十一員大將兵強馬壯何足道哉順引兵前去勦殺這厮国王曰得他來順如虎添翅休得阻当遼王不听兀顏之言原來兀顏光都統軍正是遼国第一員大將十八般武藝兵書戰策无所不通年方三十五六堂堂一表身軀面白唇紅鬚黃眼碧上陣时使條鉄渾点鋼鎗杀得濃処不时掣出腰間鉄簡使得錚錚有声端的有万夫不当之勇却說歐阳侍郎領遼王勅旨逕投薊州來宋江正在薊州操軍忽报遼国有使命至宋江問吳用曰遼使此來何意吳用曰此必招安我們正好將計就計受他招安却取霸州不愁遼国不破宋江大喜夫弟商見宋江傳令教開城門放侍郎入城下馬直到厅上叙礼罷分賓主而坐宋江問曰侍郎來此何幹侍郎曰有言上達乞退左右宋江請入後堂深処說話歐阳侍郎謂宋江曰俺大遼国王久聞將軍替天行道目今宋朝奸臣嫉妬閉塞賢路重賂賄賂則高官貴爵効力建功者反閉塞当塗以致天下大乱民不聊生今將軍赤心归順止授先鋒之職众弟兄徒劳报国俱各白身之士此皆奸臣之計若將金宝餽送蔡童高楊四人則官爵立至若不如此縱使赤心报国他日陥罪

雖然今番大遼國王特遣小官賫敕一道封將軍為遼邦鎮國大將軍總領兵馬大元帥贈金一提銀一秤緑段良馬各一百八疋便求衆頭領姓名回國照名欽授官職決无慌說宋江听罷曰某家宋天子三番降詔赦罪招安雖官小職微亦当立功以報朝廷今遼王賜我以厚爵贈我以

宋江見吳用言前事

重賞未敢拜受即今酷暑炎天权借城池屯兵待守秋凉再来商議歐阳侍郎曰將軍不棄权且收下這礼再容計議未遲宋江曰我有一百单八人耳目最多或漏了消息先惹其禍侍郎曰兵随权轉將随令行誰敢不從宋江曰我等兄弟多有性直剛勇之士待我謂和衆人却再回話未遲有詩曰

金帛重駝出薊州宋江寧不顧封侯遼王若問归降事雲在青山月在楼

宋江送侍郎出城上馬去了宋江將侍郎言語对吳用說知吳用听罷假意長吁曰侍郎所說有理果被奸臣專权日後若幾使成功必无陞賞吾意從大遼実乃長計宋江曰軍師休說這話縱太宋朝負我我不負宋朝久後也得青史留名你等当尽忠報国死而後已吳用曰兄若存忠義條計上可取霸州宋江吳用計議已定只待秋凉行事次日與公孫勝在中軍閑話宋江問曰久聞先生師父罗真人乃盛世之高士相煩來日引宋江去法座前參拜求指引迷途未知尊意若何公孫勝曰貧道亦欲归望老母參省本師見兄長連日事務未定不敢開言來日便請兄長同往次日宋江暫委吳用掌管軍馬虔備名香淨菓金珠段疋带花栄戴宗呂方郭盛燕順馬麟共八騎馬領五千兵取路段九宫県二仙山来宋江到山谷内但見荒径凉風修竹蒼

松全无端的好座秀麗之山公孫勝在馬上答曰有名喚做呼魚鼻山宋江看时但見

四圍巉嶋 八面玲瓏 重〻曉色映晴霞 瀝〻琴声飛瀑布 溪澗中漱玉飛瓊 石壁上堆藍叠翠 白雲洞口 紫藤高掛緑蘿垂 碧玉峯前 丹桂懸崖香馥郁 引子蒼猿獻菓 呼群麋鹿啣花 千峯競秀 夜深白鶴听仙经 万壑争流 風暖幽禽相對語 地僻紅塵飛不到 山深車馬往來稀

宋江并參拜羅真人

公孫勝同宋江直到紫虚觀前下馬整頓衣冠小校托着信香禮物逕到崔軒前看时編竦为篱両傍古松翠栢前瑤草奇花中間有三間雪洞罗真人在内端坐誦经童子知有客来開門迎接公孫勝先入草菴內禀曰弟子旧友山東宋公明受了招安奉勅命征遼今取薊州特来參礼我师真人便教請進宋江入菴罗真人降階迎接宋江懇請真人坐受拜礼真人曰將軍乃朝廷貴官貧道是山野村夫何敢当此宋江堅意要拜真人方纔肯坐宋江先取信香炉中焚起參了八拜次花栄等六人各礼拜畢真人都教他坐命童子獻茶真人曰將軍上應星魁替天行道今归朝廷此清名万載不磨徒弟公孫勝本從貧道出家以絕塵俗奈是会下星辰不由他不來今蒙將軍屈駕到來无可接待切乞恕罪宋江曰不才鄆城小吏逃罪上山感四方豪傑望風而來同声相應恩如骨肉今蒙奉詔統兵征遼敬參真人仙顏夙生有緣特来晚拜伏乞指迷前程之事不勝万幸真人曰天色已晚荒山权宿一宵明早同馬不知尊意如何宋江曰正求我师点悟愚迷安忍便去随即喚從人

宋江再求真人法語

托过金珠綵段上献真人曰貧道僻居山野寄形宇宙縱有金珠緞段亦无用処随身自有布袍遮体將軍統数万之师日費千金留此納回以賞戰士盤中菓品可留当晚供献素斋真人令公孫勝回家見母明早却來隨將軍回城宋江將心腹之事尽数告知真人頓求指迷真人曰將軍忠心與天地均同他日生必封侯死当庙食只是命薄不得全美宋江曰莫非此身不得善終真人曰非也亡必正寢屍必居坟只是好事多磨憂中少樂得意濃時便当退步勿久恋富貴宋江再告曰某不圖富貴但願兄弟相聚足滿微心真人笑曰大限到來豈容汝等留恋乎宋江再拜求真人法語真人令童子取紙笔寫下八句法語云

忠心者少　义気者稀　幽燕功畢　明月虚輝
始逢冬暮　鴻雁分飛　吴頭楚尾　官祿同归

寫罷遞與宋江宋江看畢不曉其意再拜懇求解說真人曰此乃天机不可洩漏他日應時自悟其意夜深了請將軍歇息來早再会宋江收了法語宿歇一宵次早公孫勝已到草庵真人教備素饌相待便对宋江曰容貧道一言禀知徒弟公孫勝俗縁日短道行漸長今跟將軍去幹大功如奏凱还京望將軍放回一者使貧道有傳道之人二者免徒弟老母倚門之望未知將軍尊意若何宋江曰師父法旨安敢不听当下众人拜辞而去真人親意懃懃携手直送到庵前相别且說宋江等再回薊州有詩为証

兵隙乘驂訪道流　紫虚仙观白雲稠　当玆乞得幽玄語　楚尾吴頭事便休

番侍郎又到見宋江

宋江回到薊州入府衙众將参見畢宋江取出真人八句法語遞與吴用詳看不解其意自此屯軍在薊州一月有餘至七月終趙安撫行文書到說奉朝廷勅令催兵进剿宋江與吴用商議随即飛報王田県会合盧俊义先鋒進倫軍馬分撥已定忽报侍郎又到宋江接入問曰侍郎復降何如侍郎曰乞退左右宋江喝退軍士侍郎曰俺遼主好生慕公之德若蒙將軍归順必当建節封侯宋江荅曰前者定下來众人皆知其意内有一半不肯归順我若同侍郎去幽州朝見郎王时副先鋒盧俊义必然引兵追赶我今且先帶心腹之人侍郎可揀那座城子與我等安身他若引兵赶來那时却好廻避待我說他不從便和他厮併他必回报東京别生枝节我等那时朝見郎王引領大遼軍馬却來與他厮殺未为晚矣侍郎听說心中暗喜便曰俺這里緊靠覇州有兩个隘口一个喚益津関兩邉都是險峻高山中間只一條驛路一个是文安県兩面都是惡山过得関口便是県治將軍若如此可在覇州安身宋江曰若得如此待我使人搬取老父以絶後慮侍郎可暗使人來引我去只今夜我等收拾侍郎大喜去了詩曰

遼国君臣枉自猜　說降復去又还來　宋江心志堅如石　翻使謀心漸乜開

当日宋江令人去請盧俊义朱武到薊州同吴用計議取覇州之策俊义領計去了吴用朱武分付众人依計而行宋江帶林冲花榮朱仝刘唐穆弘李逵樊瑞項充李衮郭盛孔明孔亮共計一十五員頭領一万軍校只等侍郎到便行过兩日只見侍郎飛馬而來对宋江曰俺国主知將軍

宋公明入城見國舅

忠順請在霸州與国舅相会却再取老小未遲宋江曰頭夫的軍將收拾已完几时可行侍郎曰今夜便行宋江即傳令馬摘鈴軍卿枚黄昏開西門而出侍郎典数十騎引路約行二十餘里見宋江在馬上猛然叫声苦也假意曰約下軍师吳用同來不想忙速而來不曾等他且教宋慢行快使人去赶来当夜已是三更前面早到関下侍郎唱教開門把関軍將放開関軍馬过関直到霸州时天色將明侍郎同宋江入城報知国舅康里定安這国舅是遼王皇后親兄最有权势胆勇过人同両員侍郎守住霸州一个姓金名福一个姓叶名清听報宋江降便教軍馬且在城外下寨只請宋先鋒入城侍郎便同宋江入城来国舅見宋江一表非俗乃降迎接叙礼已畢国舅曰久聞將軍名揚四海威鎮中原俺王有好生愛慕領国旧命当尽心报答即王之恩国旧大喜賞劳三軍都令入城屯扎宋江與侍郎曰昨日與足下来得慌速忘了吳軍师煩差人報與把関軍將倘有軍师吳用來时分付便可放他進関侍郎便差人去益津関文安県二処說知但有一秀才模樣的姓吳名用便放入関二処得了將令忽報有軍馬奔上関来把関將見一騎馬上是秀才背後一僧一行者又数一个百姓都赶上関来到関前大叫我是吳用來尋兄長被宋軍追赶得緊快開門救我把関將見了教開関放入吳用來只見和尚行者也捱入関把関人当住和尚曰俺西家人被軍赶得緊可救我們把関軍定要推出那和尚行者大叫曰我是杀人的太歲魯智深便是花和尚掄起鉄禅杖武行者掣出双戒刀便杀那数十百姓便是解珍

林冲四將戰盧俊義

解宝李立李雲楊林石勇时迁段景住白勝郁保四一発奪了関口盧俊义引兵赶到関上一斉殺入文安県来把関將迯走吳用飛馬到霸州城下把門官报入宋江與侍郎来城边相接便教引見国旧吳用曰小生正西城来不想俊义知竟直赶杀追到関前不知後面如何流星探馬报来說曰宋兵奪了文安県軍馬杀近霸州国旧便欲点兵迎敵宋江曰未可調兵我用好言語招抚他若不從却戦未遲国旧與宋江一斉上城只見盧俊义躍馬挺鎗立門旗之下高叫曰只教反臣宋江在城墻边指着俊义曰宋朝賞罰不明奸臣当道汝可同归扶佐遼王不失梁山相聚之义俊义大罵曰俺在北京安家楽業你賺我上山天子三次招安有何虧你今反背朝廷禽獸何異宋江大怒便開城門差林冲花栄朱仝穆弘四將奔出俊义躍馬橫鎗直取四將鬪二十餘合撥馬望城中便走俊义鎗招軍馬一斉赶杀入来林冲花栄占住吊橋回身再杀詐輸誘引俊义搶入城中三軍吶喊城中宋江等諸將一斉接应国旧與侍郎束首被擒諸將都在州衙来見宋江宋江傳令請定国旧并侍郎等以礼相待宋江曰汝遼王不知我等非比嘯聚山林之輩吾乃是列宿之臣豈肯背主降遼只要取汝霸州特乘此机会今已成功国旧等請回本国俺无杀害之心但汝等家眷俱各放还霸州城已属大朝汝等勿得再来争競今後刀兵到處死有再容宋江号令已下將内应有番官尽遣起身随国旧回幽州去了一面出榜安民令副先鋒盧俊义引一半軍馬回守蓟州宋江將一半軍馬守住霸州差人飛报趙樞密且說国旧與个侍

郎帶众官到幽州来見郎王奏說宋江詐降占去霸州郎王听了大怒喝罵侍郎你這佞臣无謀害国致失霸州與我拿去斬了班中兀顏統兵官啓奏曰郎王勿憂乞免斬侍郎臣引部下二十八宿將軍十一曜大將前去一鼓而收說言未絶班中轉出賀統軍奏曰杀鶏焉用宰牛刀不消正統軍前去只賀某見施小計使他死无葬身之地郎王大喜賴郎如策發教三軍人馬一齐死一代英雄咫尺休且听下回分解

盧俊义大罵宋江寺

○第八十四回　宋公明大戰独鹿山　盧俊义兵陷青石峪

莫逞區區智力餘　天公原自有乘除　謝玄真得擒王技

趙括徒能讀父書　青嶂兵如抄上雁　幽州势若釜中魚

敗軍損將真堪愧　遼主行当坐陷車

這賀統軍姓賀名重宝是兀顏統軍部下副統軍之職身長一丈力敵万人善行妖法使一口三尖兩刃刀見任提督諸路軍馬当时奏郎王曰臣有一計這幽州地面有个去处喚做青石峪一條路入去四面都是高山臣撥數騎引他兵馬入到裏面將木石閉塞峪口調軍把守教他們餓死在内兀統軍曰惟恐不諧耳賀統軍曰彼得全勝志滿気盛必至幽州俺分兵前去引誘他必乘勝趕來斷然深入重地郎王從其計賀統軍点軍分作兩路令大兄弟賀拆去取霸州令小兄弟賀雲去取薊州都只可詐敗引至幽州境界自有計策却說宋江在霸州报来遼兵侵犯薊州乞調兵救援宋江再下軍馬守定霸州其餘大軍拔寨都起往薊州與俊义約日進兵賀拆引兵投霸

州來却好逢着宋江軍馬未及戰得十合賀折詐敗而走宋江不追那賀雲至打薊州正迎着呼延灼不戰自退宋江会合盧俊义計議攻取幽州之策吳用朱武曰幽州分兵兩路而來此必是誘兵之計且未可行俊义曰軍师差矣那廝連輸數次如何是誘兵之計当取不取过後難逢宋江曰這廝势窮必然無策可施吳用朱武阻当不住宋江將軍馬分作三路而行只見前軍報說遼兵已至宋江遂到軍前看时一彪皁旗閃山坡前搖閃当先一員番將怎生打扮

頭戴明霜鑌鉄盔身披耀日連环甲足穿抹緑雲根靴腰繫龜背狻猊帶着錦綉緋紅袍挑着鉄桿狼牙棒手提三尖兩刃八环刀坐下一騎千里追風馬

郎王升殿报失霸州

旗上寫得分明大遼副總兵賀重宝躍馬橫刀出陣宋江曰遼国統軍必是上將郎令関勝出陣相併正似兩虎争競宝一对虎争食一往一来鳳翻身一上一下鷹展翅刀閃刀併數丈寒光馬蕩馬動半天杀気二將閗到三十餘合賀統軍気力不加撥馬望本陣便走関勝拍馬追赶賀統軍引兵奔搏山坡宋兵追至五十餘里听得四下裡戰鼓齐响宋江急叫回軍山坡左边撞出番兵擱各宋江分兵迎敵右边亦撞出一彪軍前面賀統軍勒回夾攻宋江軍馬四下不迭却被番兵衝為兩段盧俊义在后面廝杀不見前面軍馬急尋門路杀出来只見刺斜裡又撞出番兵喊杀把俊义圍在垓心俊义令众將冲杀尋路出去时四下裡忽見陰雲閉合黑霧遮天白昼如夜

関勝大戰賀副統軍

不分東西南北俊义心慌引支軍馬杀㕔遼兵赶杀过去一山口俊义引众將入去只見狂風大作走石飛砂对面不見人约近二更前后方绝風静雲開復見一天星斗众人看时四面都是高山悬崖峭壁无路可登随行頭領乃是徐寧索超韓滔彭玘陳達楊春李忠周通鄒淵鄒潤楊林白勝共十二小頭領五千軍馬都集于星光下俊义曰軍士厮杀一日神思困倦且在這裡权歇明日却尋归路有詩为証

四山圍繞路難通　原是陰陵死道中
若要天軍相脫釋　除非插翅駕天風

宋江正厮杀間只見黑雲四起走石飛砂对面不見人公孫勝馬上知是妖法急掣宝劍在手口中念詞喝声道疾將劍指処只見風息雲開遼兵不戰自退宋江收軍退到一座高山屯扎計点頭領不見俊义等一十三人天明遣呼延灼関勝林冲秦明各將兵軍去尋了一日不知消息宋江取玄女課上曰天象不妨只是陷在幽陰之処难得出來便令解珍解宝扮作獵戶遶山來尋又差时迁石秀段景住曾正四下打听消息解珍兄弟披上虎皮衣提了鋼义望深山四边不見人烟都是乱山叠嶂是夜月色微明遠遠望見山畔一点火光弟兄曰火光之処必有人家且去討些飯吃去到那里只見数間茅屋解珍兄弟推開門扇灯光之下見个六旬婆婆弟兄放下鋼义納頭便拜那婆婆曰我只道是孩兒回来原来是客人你是那獵戶怎生到此解珍曰小人原是山東獵戶因来此間做些買賣却消折本錢无甚生理只得来山中尋些野味度活不想迷失路徑来到這里借宿一宵望老媽媽收留那婆

賀副統軍典関勝戰

婆曰我兩个孩兒也是獵戶客人少坐我去安排晚飯与你吃解珍称謝不多时只見兩个人扛隻獐子入来那婆婆曰我兒且放獐子典這兩位客人相見解珍兄弟連忙下拜那兩个荅礼了便問客人何処因甚到此珍兄弟說知前事那兩个曰俺姓刘排行第一兄弟刘二祖居在此父亡母存兄弟二人打獵为生此間路徑甚雜俺們尚有不認的去処你兩个即是山東人如何到此間討得衣飯吃你休瞞我二位恐不是獵戶麼解珍曰既到這里如何藏隐只得实說典兄長知道有詩曰

峰峦重叠遶週遭　兵陷垓心不可逃
一一解欲知消息　直將蹤跡訪漁樵

解珍兄弟跪下曰小人兩个是梁山泊跟随宋公明今受招安来征大遼前日典賀統軍大戰被他冲断一枝軍馬不知陷在那里特差小人打探消息刘一笑曰你二位既是好漢請起少坐俺教你去尋將酒飯相待席間刘一問曰俺久聞宋公明替天行道果如此否解珍荅曰俺兄長以忠义为主誓不擾良專杀貪官污吏倚强凌弱之人刘一听罷讚嘆不已解珍曰我一支軍馬不知陷在何処望乞指教後必重謝刘一曰俺這北边幽州管下有个去処喚做青石峪只有一條路入去四面尽是悬崖峭壁若塞那條路口不能得出多是陷在那里如今你那宋先鋒屯兵処喚作独鹿山那山前平坦可以厮杀山頂又可望四边軍馬你要救那支兵打開青石峪口方纔可救那峪口有株大栢樹形如傘盖四面尽皆望見更防賀統軍会行妖法解珍兄弟得這言語拜謝連夜回見宋江把前情備細說一番宋江失驚忙典吳用

商議間只見小校報曰段景住石勇引白勝來了宋江隨即喚來問時段景住先説我和石勇正在高山觀望只見山頂上滚一个毡包下来看时却是白勝白勝便曰盧先鋒共小弟并正斯杀間只見天昏地暗不分東西盧先鋒便教只顧杀將進去四圍尽是高山無計可出又無粮草盧先鋒令我從山頂上滚將下来尋路報信正遇石勇段景住望兄長快發兵前去救取遲則諸將必然困死有詩為証

青石峪中人馬陷　絶死粮草濟飢荒
暗將白勝重包裹　滚下山来報宋江

盧俊义十三人被圍

宋江听罢忙点軍馬令解珍兄弟引路望大栢樹便是峪口傳令教馬步軍併力杀去人馬行至天明遠ㄷ望見山前兩株大樹果然形如傘蓋解珍解宝引兵殺到峪口賀統軍人馬擺開林中迎着賀折交馬兩合把賀折刺死馬下李逵樊瑞項充李衮引牌手直杀入遼陣迎着賀雲李逵一斧剁于馬下賀統軍見折了兩个兄弟便作起妖法只見狂風大作飛地生雲迷住峪口公孫勝在馬上掣出宝劍口中念呪喝声道疾只見風靜雲開三軍向前併杀賀統軍見作法不行拚刀拍馬杀来混戰宋江扒開峪口杀入青石峪内救出俊义并宋江鳴金收軍回寨次日吳用曰可趁進兵取幽州唾手可得宋江便教俊义并十三人且回薊州將息宋江自領諸將离独鹿山来攻幽州却説賀統軍正退回城中折了兩个兄弟心中悶ㄷ不已忽探馬来報宋軍来攻幽州賀統軍上城看时却是遼兵旗号紅旗寫銀字乃是遼国駙馬大真胥慶又一枝青旗軍却是黄門侍郎左執金吾上將軍李集見在雄州屯扎

往常侵犯大宋境界正是此輩听得遼主失了城子因此引兵前来助戰賀統軍見了大喜即令人去報兩路軍且休入城教去山背後埋伏待我軍馬厮杀引宋江兵来左右掩杀集引兵出幽州迎敵宋江人馬已近幽州吳用曰若他閉門不出便无准備若出城迎敵必有埋伏將兵分作三路直往幽州来軍分兩路左右護持以防伏兵

堂ㄷ金鼓振天威　却是軍兵特地来
蒙向陣前乾杈哄　血流漂杵正堪哀

解珍兄弟投見婁七

宋江撥關勝帶宣贊郝思文領兵在左調呼延灼帶領單延珪魏定国領兵在右各引兵一二万而進宋江引大軍逕往幽州賀統軍領兵與林冲戰不五合統軍回馬便走宋軍追赶統軍分兵兩路不入幽州遶城而走吳用便教鳴金左邊撞出大真駙馬有關勝却好迎住右邊撞出李金吾有呼延灼迎住三路軍馬大戰杀得遼兵尸横遍野血流成河賀統軍欲回撞着花榮秦明賀統軍敗退回西門城邊又撞董平追杀一陣轉过南門又撞朱仝大杀一陣賀統軍不敢入城望北而走却迎着黄信賀統軍措手不及被黄信一刀正砍在馬頭賀統軍棄馬而走刺裡走过楊雄石秀把賀統軍揪番在地宋方挺鎗赶来众怕爭功坏了义氣就賀統軍乱鎗刺死大真駙馬見統軍隊裡倒了帥旗便从山背後走了李金吾正戰之間不見紅旗望後山退去宋江見三路軍尽退大驅人馬奪了幽州出榜安民差人往檀州報捷請趙樞密移兵薊州守把着令俊义分守薊州趙樞密見報大喜一面申奏朝廷

胡鴉幽拚少机謀　三路軍兵布列稠
堪羨宋江能用武　共聞談笑取幽州

白勝回来見宋公明

却說大遼国主升殿会集文武左丞相幽西孛瑾右丞相太师褚坚统軍大将等当廷商議卽目宋江占去四郡賀统軍兄弟已死幽州又失汝等文武如何処置有正统軍兀顏光奏曰伏乞降旨任臣会合諸処軍馬務要生擒宋江收復四郡郎主准奏賜虎牌金印勅旨黄鉞白旄与兀顏统軍不問金枝玉葉皇亲国戚並听調遣兀顏统軍調遣諸処軍馬前来策应長子兀顏延寿稟自父親一面整点大軍孩兒先带数員将会集大真駙馬李金吾将軍二処軍馬先到幽州與這廝交鋒待父亲来时掃清宋兵不知鈞意如何兀顏光曰吾兒你做先鋒前去如有佳音火速报捷兀顏延寿引軍二万会合李金吾大真駙馬共領三万軍馬来幽州城外下寨小軍报知宋江呉用曰先調兵出城布下陣勢他若先能自退去宋江依計調遣軍馬出城十里地名方山布下九宫八卦陣只見遼兵分作三隊而来兀顏延寿已曾習兵法便令三軍分在左右自去中軍竪起雲梯望見宋軍排的是九宫八卦陣下雲梯乃令軍擂鼓竪起将台下用兩把号旗招揮左右列成陣勢下将台上馬怎生打扮但見 頭戴一頂三叉如意紫金冠身穿一領蜀錦團花白艮鎧足穿一對抹綠雲根靴腰繫雙环龍角黄鞋帶蚪螭吞首打将鞭霜雪裁鋒杀人劍左揷金畫宝雕弓右懸銀嵌狼牙箭使一枝盘桿方天戟騎一疋鐵脚棗騮馬兀顏延寿出馬大叫曰你布九宫八卦陣待要瞞誰你識得俺的陣麼宋江听得番将要鬥陣法軍中竪起雲梯宋江呉用朱武上雲梯觀望遼兵陣勢三隊相連左右相顧对宋江曰此是太乙三才陣也宋江听罷下雲梯来上馬出到陣前指遼将喝曰量你這太乙三才陣何足为奇延寿曰你識吾陣看俺变法便再上将台把号旗招動变过陣勢呉用朱武看曰此乃变作河洛四象陣使人下雲梯来傳令宋江延寿再出陣前問曰还識此陣否宋江答曰此乃河洛四象陣那延寿復入陣中又变陣勢呉用朱武看了曰此乃变作循环八卦陣再报宋江知了那延寿再出陣前問曰还識此陣否宋江笑曰变出循环八卦陣不足为奇延寿听了心中自忖俺這陣勢都是秘傳不想都被此人識破宋軍中必有人物延寿再入陣中变成一陣四邊都无門路内藏八八六十四隊兵馬朱武看了对呉用曰此是武侯八陣圖藏了首尾人皆不識請宋公明上将台看這陣法曰此四陣法却从一派傳流下来先是太乙三才生出河洛四象四象生出循环八卦八卦生出八八六十四卦今变为八陣圖此是循环无窮極高的陣法宋江到陣前喝曰汝年幼孝浅如井底之蛙量這八陣圖法吾大宋小兒也瞞不过延寿曰你且排个奇異陣勢瞞俺則个宋江喝曰只俺這九宫八卦陣勢你敢打麼延寿笑曰量這小陣有何难哉你軍中休放冷箭看咱打你這小陣延寿傳将令大真駙馬李金吾各撥一千軍待咱打他陣勢便来策应用手

宋江調軍打幽州城

拍笑当日属火不从正南离位上来帶了本部軍馬轉从迅方兊位上蕩開白旗杀入陣內便奔中軍只見中間白蕩々如銀墻鉄壁團々圍住那延寿見了驚得面如土色心中暗想陣中那得這等城子便教軍打从西路杀出众軍回頭看时白茫々如銀海相似滿地水响不見路徑四下

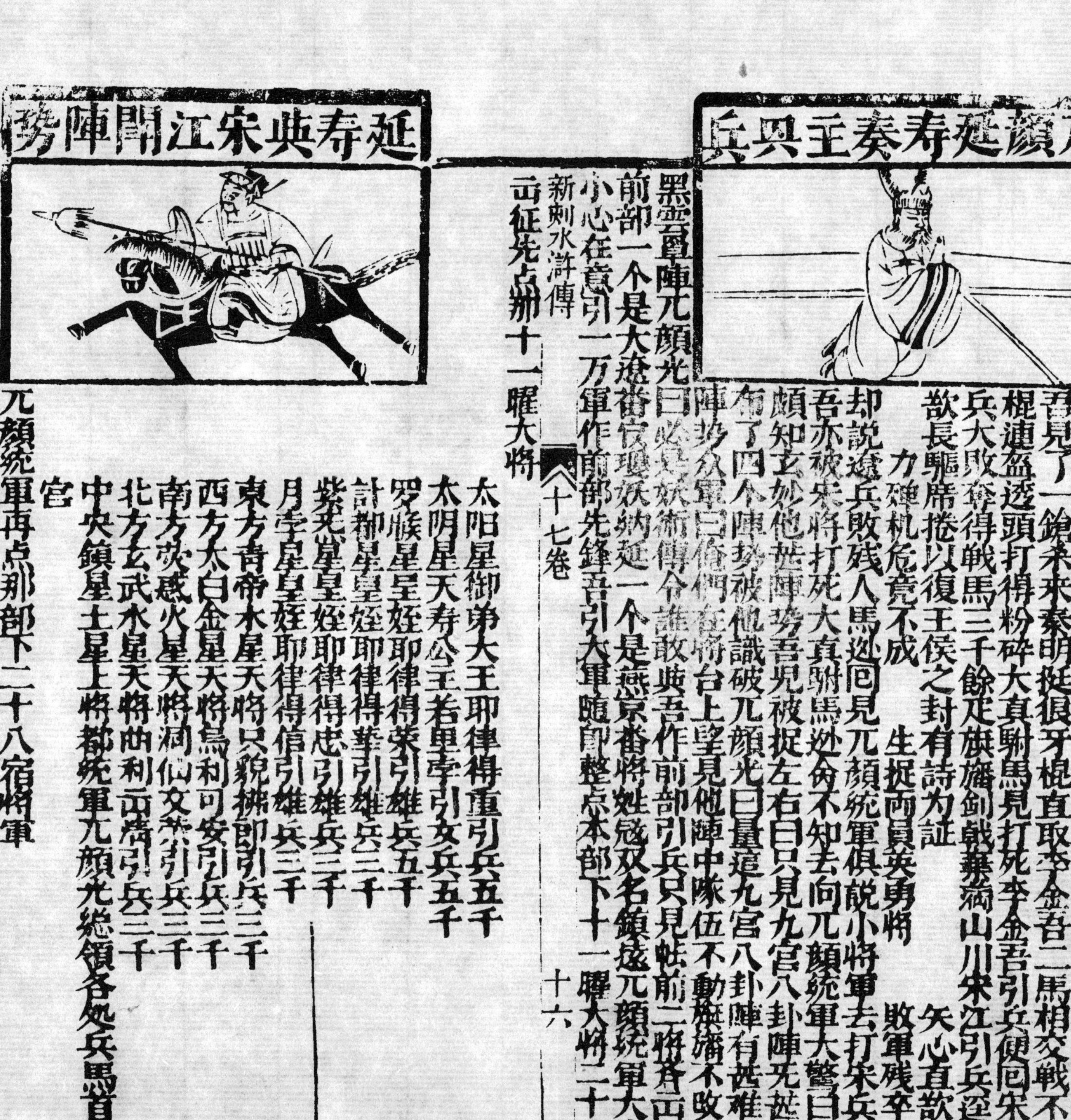

兀顏延寿奏王興兵

都是鹿角死路可出延寿疑曰此必是宋江行妖法只就這里死撞出去众軍得令齊声吶喊杀出傷边撞出一員大将呼延灼高声喝曰孺子走那里去延寿措手不及活捉过去公孫勝在中軍作法見报捉了延寿便收法兵陣中依旧明朗大真駙馬并李金吾二将只莽陣中消息要来策应宋江出陣前曰你那両軍早降延寿被擒在此令牽力手放出陣前李金吾見了一鎗杀来秦明挺狼牙棍直取李金吾二馬相交戦不両合被秦明一棍連盔透頭打得粉碎大真駙馬見打死李金吾引兵便回宋江催兵掩杀遼兵大敗奪得戦馬三千餘疋旗旛劍戟棄满山川宋江引兵遥望燕京進発直欲長驅席捲以復王侯之封有詩为証

矢心直欲退強兵
力殫机危竟不成
生捉両員英勇将
敗軍残卒奔遼東

却說遼兵敗残人馬逃回見兀顏統軍俱說小将軍去打宋兵陣勢被捉李金吾亦被宋将打死大真駙馬逃命不知去向兀顏統軍大驚曰吾児少習陣法頗知玄妙他擺陣勢吾児被捉左右曰只見九宮八卦陣无甚希奇俺小将軍布了四个陣勢被他識破兀顏光曰量這九宮八卦陣有甚稀打必是他变了陣勢众軍曰俺們在将台上望見他陣中隊伍不動旌旛不改只見上面一派黑雲罩陣兀顏光曰必是妖術傳令誰敢與吾作前部引兵只見帳前二将齊出曰某二人願为前部一个是大遼番官瓊妖納延一个是燕京番将姓寇双名鎮遠兀顏統軍大喜便曰你二将小心在意引一万軍作前部先鋒吾引大軍随即整点本部下十一曜大将二十八宿将軍尽数

出征先点那十一曜大将

延寿與宋江鬪陣勢

太阳星御弟大王耶律得重引兵五千
太阴星天寿公主答里孛引女兵五千
罗睺星皇姪耶律得榮引雄兵五千
計都星皇姪耶律得華引雄兵三千
紫炁星皇姪耶律得忠引雄兵三千
月孛星皇姪耶律得信引雄兵三千
東方青帝木星天将只兒拂郎引兵三千
西方太白金星天将烏利可安引兵三千
南方熒惑火星天将洞仙文栄引兵三千
北方玄武水星天将曲利出清引兵三千
中央鎮星土星上将都統軍兀顏光総領各処兵馬首将五千鎮守中宫

兀顏統軍再点那部下二十八宿將軍

角木蛟孫　忠　亢金龙張　起
氐土貉刘　仁　房日兎謝　武
心月狐裴　直　尾火虎顧永興

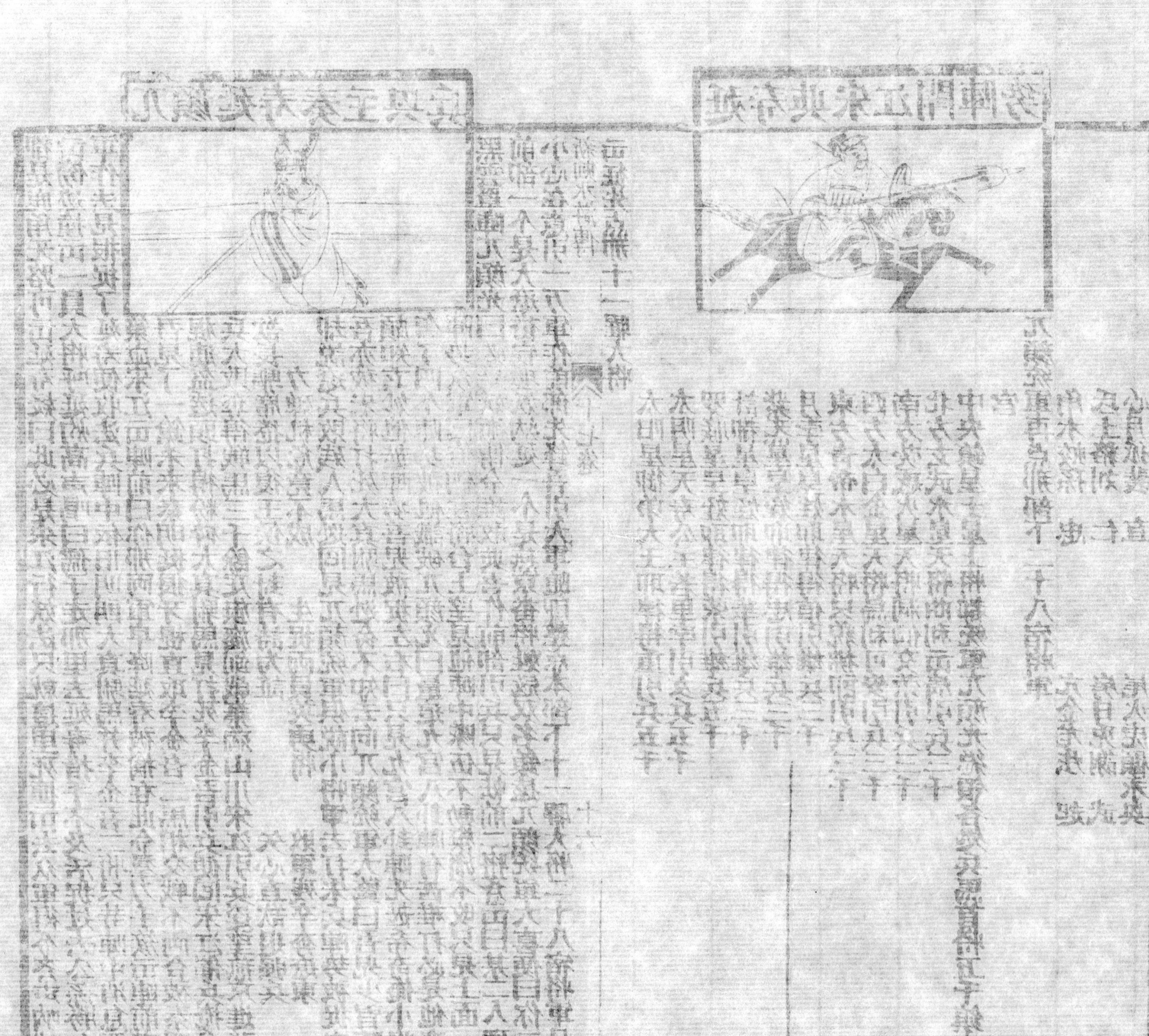

延寿兵打宋江陣势

兀顔統軍調兵前進

箕水豹賈茂　斗木獬蕭大観
牛金牛薛雄　女土蝠俞得成
虚日鼠徐威　危月燕李益宝
室火猪祖興　壁水㺄成珠那海
奎木狼郭永昌　娄金狗阿哩义
胃土雉高彪　昴日鷄順受高
畢月烏国永泰　嘴火猴潘異
参水猿周豹　井木犴童里合
鬼金羊王景　柳土獐雷春
星日馬王君保　張月鹿李復
翼火蛇狄圣　軫水蚓班古児

那兀顔統軍整点大隊軍馬二十餘万傾国而来奉請大遼国王御駕親征瓊寇二将八馬先進早有細作報来宋江傳下一面教取盧俊义一支軍馬一面取檀州薊州旧有人員都来听用就請趙樞密前来监戰都到幽州取齐宋江等接見趙樞密叅拜稟曰小将賴元帥虎威偶成小功今探細人報遼国兀顔統軍起二十万軍馬傾国而来存亡勝敗請樞相另立營寨十五里外屯扎看宋江等併力向前决此一戰效犬馬之劳以報朝廷趙樞密曰将軍善觀方便不待我言宋江辞了趙樞密与盧俊义引兵趋幽州

所鎋永清県界屯扎聚集諸将宋江曰今次兀顔光領遼兵傾国而来决非小可勝負在此一戰汝等兄弟当努力向前但得微功上達朝廷冨貴共享众皆曰兄長之命誰不效力正商議間小校来報遼国使人来下戰書宋江喚至帳下将書折開看乃是遼国先鋒使寇瓊二将軍請戰宋江就批書尾回示来日决戰與来人酒食放回本寨此时秋尽冬来軍披重鎧斉穿皮甲次日五更拔寨斉行早与遼兵相迎遥望皂鵰旗影裡閃出瓊妖納延寇鎮遠一般打扮但見

頭戴魚尾捲雲鑌鉄冠　披掛龍鱗傲霜嵌縫鎧　身穿石榴紅錦綉羅袍　腰束荔枝七宝黄金帶　足穿抹緑鷹嘴雲根靴　腰懸鍊銀竹節熱銅鞭　左掛硬弓　右揷長箭　馬跨越嶺巴山獣　鎗搭番江攪海

二将立馬陣前宋江在門旗下看只見史進拍馬舞刀出陣与瓊妖納延交戰二将鬦到三十合史進気力不加撥回馬望本陣便走瓊妖納延赶来宋陣中花栄見史進輸了拈弓搭箭覷定来将一箭正中瓊妖納延落馬寇鎮遠見了大怒拍馬挺鎗出陣前大罵賊将怎敢暗算吾兄孫立飛馬来戰鬦到二十餘合寇鎮遠回馬望北而走孫立拍馬赶去带住鎗拈弓搭箭望寇鎮遠心後一箭那寇鎮遠听得弓弦响把身一轉把那枝箭用手綽住遂拈弓搭箭扭回身望孫立前心一箭射来孫立看見把身望後便倒那箭从身上飛过這馬收勒不住只顧跑孫立倒在馬上寇鎮遠想曰必是中了箭原来孫立兩腿有力夾住馬鐙倒在馬上故作如此寇鎮遠勒馬回来要捉孫立

寇双鎮遠與孫立戰

兩个馬頭却好相迎孫立一跳起来大喝一声寇鎮遠進退不及孫立拿起虎眼鋼鞭向那寇鎮遠腦上一打死于馬下宋江驅軍掩杀遼兵死主各自逃生正在之間听得前面連珠炮响宋江便令众將当任差花荣秦明吕方郭盛騎馬望山頂看时只見番兵盖地而来唬得宋江魂蕩々魄悠々正是饒君從有張良計到底难逃白虎災且听下回分解

十七卷終

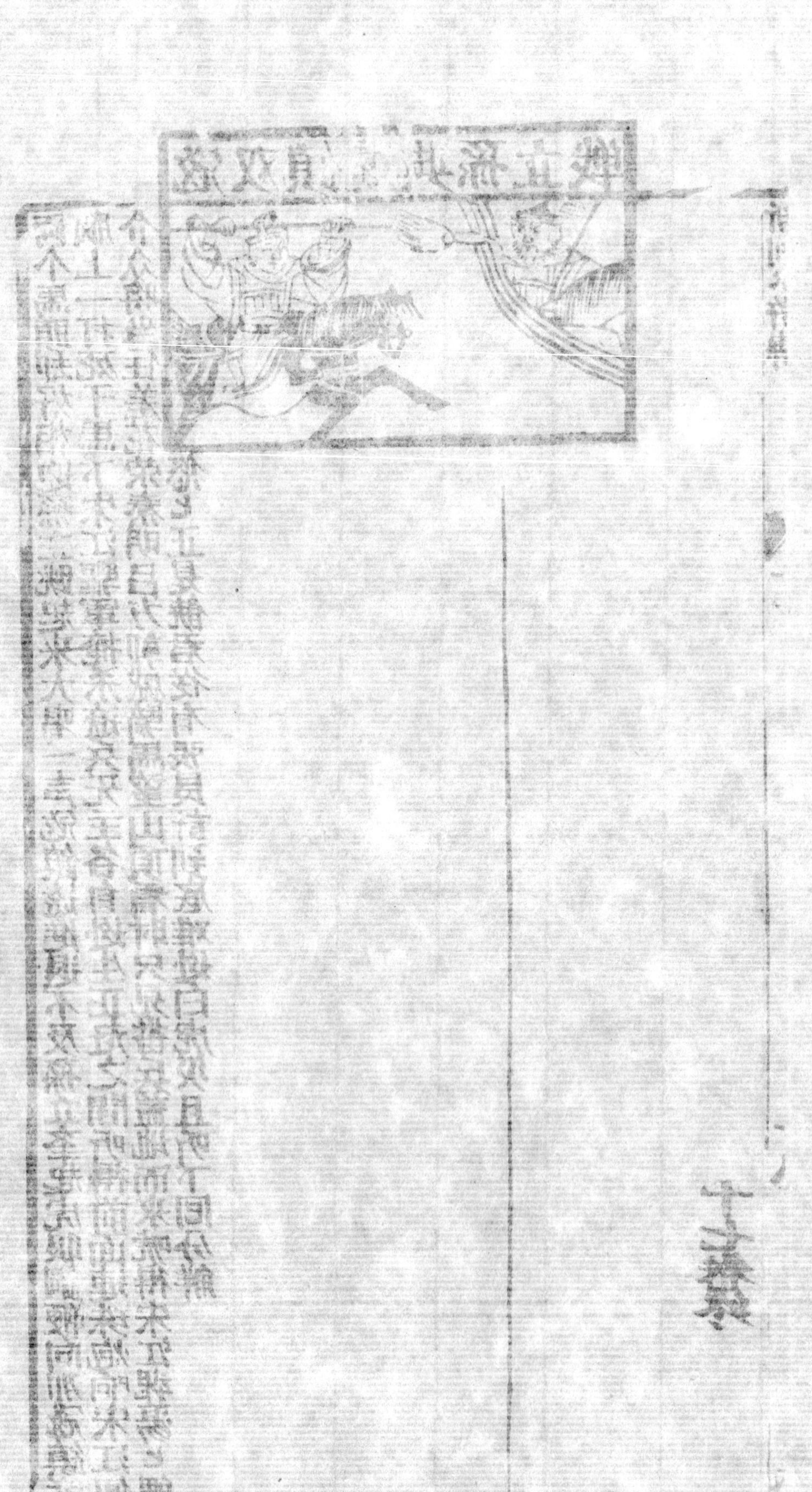

新刻全像忠義水滸傳十八卷

○第九

宋江吴

宋軍與遼兵相对陣

百万之众安敢冲突宋江曰此計甚妙即傳令五更造飯平明尽拔寨而起前抵昌平県即將軍馬擺開秦明在前呼延灼在後関勝在左林冲在右東南索超東北徐寧西南董平西北楊志宋江自守中軍步軍令作一処擺一陣于後盧俊义魯智深武松三个为主准備厮杀陣势已完遼望遼兵遠〻而来前軍都是皂旗一隊有七座旗門每門有一匹馬各有一員將領頭頂黑盔身披玄甲上穿皂袍坐騎烏馬手中一般軍器正按北方斗牛女虚危室壁七門之内総設一員大將按上界北方玄武水星乃是番將曲利出清引三千披髮甲士按北方五炁星君正似東雲截断東方日黑気平吞北海風有詩为証

兵按北方玄武象　黑旗黑鎧黑刀鎗
烏雲影裡玄冥降　凛〻威風不可当

又見遼兵左軍尽是青旗一隊也有七座旗門每門有一疋馬各有一員大將頭頂四縫盔身披柳葉甲上穿青色袍坐下青驄馬手执一般兵器正按東方角亢氐房心尾箕七門之内総設一員大將按上界東青龍木星乃是番將只見拂郎引三千兵按東震九炁星君正似翠色点開黄道路青霞截断紫雲根有詩为証

青龍驅陣下天曹　青蓋青戰袍青旗
共向山前呈武勇　堂上杀気透雲霄

右軍尽是白旗一隊也有七座旗門每門有一疋馬各有一員大將怎生打扮頭頂水磨盔身披銀鎧甲上披素罗袍坐騎雪白馬各执一般軍器正按西方奎婁胃昴畢觜參七門之内総設 下

遼国兵將布列陣勢

員大毌鎮按上界西方咸池金星乃是番將烏利可安引三千白纓素騎人馬按西兌七炁星君正似征蛇捲入明山雪番將斜披玉井水有詩為証

太白分兵下九天　白雪光明素纓鮮　巨鱗攪海人難敵　擾得蒼龍夜不眠

後宮尽是緋紅旗一隊亦有七座旗門每門有一疋馬各有一員大將頭戴珠紅盔身披茜紅袍坐騎赤馬手提[illegible]南方井鬼柳星張翼軫七門之內總設一員把總正按上方南方朱雀火星乃是番將洞仙文榮引三千紅衣軍按南离三炁星君正似[illegible]大丁神霹靂震開三昧火有詩為証

祝融飛令下南宮　十万貔貅烈火紅　閃〻赤雪横澗谷　陣前誰敢去當鋒

陣前左有一隊人馬尽是金冠〻甲緋袍朱纓紅旗赤馬簇擁一員大將乃是遼国御弟耶律得重按太阳星君正似金烏擁出扶桑国火傘初离東海洋有詩為証

海神英武正扶桑　耶律提兵按太阳　雄略嘉謀撐遼国　堂〻兵陣遠鷹揚

陣前右有一隊女兵尽是銀花弁冠銀鈎鎖子甲素袍白旗白馬乃是遼国天壽公主答里孛按上界太阴星君正似玉兔團〻离海島冰輪皎〻照瑤台有詩為証

貌似春烟籠芍藥　顏如秋水映芙蓉　玉筍輕搦龍泉劍　到処交兵占上風

御隊陣中間〻一遭尽是黃旗軍都騎黃馬隊中有四員大將各領兵三千分于四角守護南方馬

宋江昔登雲梯觀陣

一員大將青袍青甲金冠坐騎粉青馬按上界羅睺星君乃是皇侄耶律得榮西南一員大將紫袍銀甲宝冠使一口宝刀坐騎海騮馬按上界計都星君乃是皇侄耶律得華東北一員大將緑袍銀甲手执方天戟坐騎五明黃馬按上界紫炁星君乃是皇侄耶律得忠西北一員大將白袍銅甲手执七星宝劍坐騎踢雪烏騅馬按上界月孛星君乃是皇侄耶律得信黃軍陣中那員上將按上界中央鎮星左有白旄右有黃鉞前立朱旛後遮皂蓋週廻旗号按二十四炁六十四卦明分陰陽旋璣玉衡混沌之象那員大將頭戴紫金盔身披羅錦袍坐騎銀騌馬手提畫桿方天戟按中宮土星一炁天君乃是遼国都統軍大元帥兀顏光黃旗之後中軍之內鳳輦龍車有一十六對黃甲力士推捧車駕輦上坐着大遼郎王按上界北極紫微大帝總領鎮星左邊丞相幽西孛瑾右邊丞相太师褚坚按左輔右弼星君正似一天星宿离乾位万象森罗降世間有詩為証

旗旛鎧甲与刀槍　尽按中央土德黃　天意豈能人力勝　枉將生命苦相戕

那兀顏統軍擺列天陣已定正如雞卵之形循环无定進退有法真乃奇異宋江便教射住陣脚令軍中竖起雲梯吳用朱武上台观看宋江与吳用看了不識此陣朱武認得对宋江曰此乃太乙混天象陣也此陣变化无穷不可造次攻打吳用曰不知軍陣內虛实如何正商議間兀顏統軍在中軍傳令今日屬金可差先超薛維呵哩义王寅四將跟随烏利可安示陣攻打宋江望見对陣七門右軍或開或閉那引軍旗自東转北〻转西〻转

南宋武見了乃曰今日属金天盤左动必有兵出說犹未了五炮齐响早見对陣擁出軍来中是金星四下是金宿四个引動五旗軍馬捲起过来势如山倒宋江軍馬措手不及望後急退遼兵兩下夾攻宋兵大敗退回本寨遼兵也不来赶宋江回寨点軍頭領孔亮傷刀李雲中箭石勇着

宋江点兵戰遼陣

鎗軍卒中傷不計其数宋江与盧俊义商議俊义曰来日多着軍馬撞住他壓陣軍兵再調兩路軍馬撞那厮正北門却教步軍打入去看他裡面虛实如何宋江依其言次日引兵前進且望遼兵不遠宋江便令関勝在左呼延灼在右引本部軍撞退壓陣遼兵再差花荣秦明董平楊志在左林冲徐寧索超朱仝在右兩隊軍兵来撞皂旗七門果然冲開陣勢杀散皂旗入馬李逵樊瑞項充李袞引五百牌手向前背後魯智深楊雄石秀解珍解宝撞杀入混天陣內只听四面炮响東西兩隊黄旗軍杀出前来宋江兵馬抵当不住大敗退回原寨点軍折其大半杜迁宋万又帯重傷李逵被他撓勾搭活捉去了宋江听知心中納悶只見小校来报有遼將遣使到来宋江喚入中軍問时却是兀將差来要將李逵換转小將軍宋江便曰明日取小將軍到陣前交換番使領言語去了宋江与吳用商議曰我等无計可破他陣势且把小將軍換转李逵与他講和罢戰吳用曰且將軍士暫歇別生良策未遲次日差人去取兀顏小將軍来也差人直往兀顏統軍処見了說曰宋先鋒拜意今送小將軍回来換這个頭領即今冬寒軍士勞苦权且罢戰待来春別作商議兀顏統軍听了喝曰无知辱子有何面目見咱不用相換若要罢戰教你宋江

束手来降免他一死若不如此吾引大兵一到寸草不留来使[illegible]將此言訴与宋江宋江只怕救不得李逵遂帯了兀顏小將軍拔寨便起直到陣前大叫可放过我的人来吾还你小將軍不罢戰亦不妨只見遼兵將李逵送出陣前来上宋江对換小將軍去了当日都不厮杀宋江回寨

宋江將兀顏換李逵

与諸將計議呼延灼曰我等来日可分十隊軍馬兩路去当壓寨軍兵八路齐進决此一陣宋江依其言次早拔寨起軍分作十隊兩路軍先去截壓陣軍兵八路軍馬搖旗吶喊打入渾天陣听得陣中吶喊二十八門齐開変作一字長蛇之陣便杀出来宋江軍馬措手不及大敗而走回至本寨折損軍馬数多宋江撓軍將緊守寨柵坚守不出却說趙安撫屡次申奏朝廷欽差王文斌押送衣襖到營宋江接至寨中把了接風酒王文斌詢問缘由宋江曰宋某自蒙朝廷差到遂上托天子洪福連取四座大郡今到幽州不想被遼將兀顏光排个混天象陣我軍退敗三陣无計可施今幸得將軍降临願指教王文斌曰量這不混天何足为奇王某不才願到軍前一觀別有主見宋江大喜先令裴宣且將衣襖分散軍將众人謝恩已罷軍中置酒相待次日王文斌披掛出陣上將台觀看了下梯曰這个陣势只如常不見有甚驚人処不想文斌不識只是詐人只管便令前軍鼓噪搦戰宋江馬上喝曰番兵敢来交戰說犹未了黑旗隊裡第四座門内飛出一員大將曲利出清挺刀出到陣前王文斌便拍馬挺鎗直取出清鬥十数合番將詐个破绽回身便走文斌驟馬挺鎗直赶將去却被番將回身一刀將文斌砍于馬下宋江急令收軍番兵杀將

送來文折一陣回至寨中勁文書印呈趙樞密說王文斌自領兵戰身死陣中趙樞密得報即寫表申奏朝廷打發人伴回京有詩曰

趙括徒勞讀父書　文斌詭詐又何愚
捏生容易談兵策　尤怪須臾喪厥軀

宋江夢見青衣女童

話說宋江尋思無計可施寢食俱廢是夜宋江秉燭沉吟將近二鼓神思困倦伏几而臥自覺身中狂風忽起冷氣侵人宋江起身見一青衣女童向前稽首曰領娘娘法旨特請將軍宋江曰娘娘在何處女童曰離此不遠宋江便跟女童去見座大林青松翠柏轉过石橋有紅硃流星門一座仰見画棟雕梁金釘朱女童引宋江從廊下而進听得殿上金鐘声响玉磬音鳴女童迎請宋江上殿至珠簾之下跪在香案之前舉目上視但見祥雲藹藹紫霧騰騰九龍座上坐着九天玄女娘娘仙女侍娘娘之側娘娘謂宋江曰吾傳天書与汝亦有年矣今天子令汝破遼勝負如何宋江俯伏拜奏曰多承娘娘賜与天書今被兀顏光排列混天象陣臣无計可破連敗三陣娘娘曰此陣之法聚陽象也欲破此陣要知生尅之理且如他皂旗軍馬內設水星按上界北方五炁星君你可選大將七員衣甲黃色撞破他皂旗七門後命大將七員各按黃袍直取小星此是土尅水也却以白旗白袍軍馬打透他左迹青旗軍陣此乃是金尅木也却以紅旗打透右迹白旗軍陣此乃是火尅金也却以一枝青旗軍馬直取中央黃軍陣王將此乃是木尅土也再選一枝皂軍馬令一枝綉旗花袍軍馬扮作罗睺星獨破太陽軍陣令一枝素旗兵甲軍馬扮作計

都星直取太陰軍陣再造二十四部雷車按二十四炁直取推入遼兵中宜令公孫勝作起風雷逕奔八大遼国王駕前定取全勝須待夜間依此進兵一鼓成功汝當秘受吾言他日瓊樓金闕再当重会令青衣女童送西星主还本寨去了有詩曰

玉女虛无忽下来　飛詞特請叙真杯
当时传得幽玄秘　遼王陣圖頭刺開

九天玄女秘受宋江

宋江再拜懇謝西內殿庭青衣指引再回旧路过得石橋宋江回顧青衣用手一推驚然覺來乃是一夢時正四更宋江便請軍师吳用計議破混天象陣且听下回分解

○第八十二回　宋公明破陣成功　宿太尉頒恩降詔

陣列混天拱劍戟　四圍八座怪雲生
紛紛曜宿当前現　朗朗明星列佐塵
黃鉞白旄風內舞　朱幡皂蓋陣中行
若非玄女親傳法　遼寇焉能定太平

却說宋江夢中受得九天玄女之法与吳用計議合造雷車二十四部下裝油柴上安火炮会集諸將宋江傳令使占按中央戊巳土黃袍軍馬打入水星陣內差大將董平左右撞破皂旗軍七門差副將七員朱仝史進歐鵬鄧飛燕順馬麟穆春再点按西方庚辛申酉金白袍軍馬打木星陣內差大將林冲左右撞破青旗軍七門差副將七員徐寧穆弘黃信孫立陳達楊春楊林再点按南方丙丁火紅袍軍馬打金星陣內差大將秦明左右撞

破白旗軍七門差副將七員刘唐雷橫单廷珪魏定国周通龔旺丁得孫再点北方壬癸水皂旄軍馬打火星陣內差大將呼延灼撞破紅旗軍七門差副將七員楊志索超韓滔彭玘孔明鄒淵鄒潤再点披東方甲乙寅卯木青旄軍馬打土星王將陣內差大將關勝左右撞破中央黄旗王

宋江吴用計設破陣

陣差副將七員花荣張清李應柴進宣贊郝思文施恩再差一枝綉旗花旄軍馬打太阴左軍陣內差大將七員魯智深武松楊雄石秀焦挺湯隆蔡福再差一枝素旗艮甲軍馬打太阴陣內差大將七員扈三娘顧大嫂孫二娘王英孫新蔡慶再差打中軍一枝人馬直打大遼国王差大將六員盧俊义燕青呂方郭盛解珍解宝再遣護送雷車至中軍大將五員李逵樊瑞鲍旭項充李衮共余水軍頭領都在陣前協助破陣宋江傳令已罷各自准备有詩为証

五行生剋本天成　化々生々自不停
玄女忽然傳法象　兀顏机定一时平

且說兀顏統軍見宋江不去交戰差壓陣軍馬直哨到宋江寨前宋江製造雷車完备選定日期是夜扒寨都起来与遼兵相接擺開陣勢黄昏左右朔風凛凛彤雲密布宋江令众將軍截芦为留口中唿哨为号当夜先分四路軍赶去大遼哨路將校报北而走初更左側宋江軍中連珠炮响呼延灼打開陣杀入遼陣直取火星關勝杀入中軍直取土星林冲領軍杀入左陣直取木星秦明領軍杀奔右陣直取金星董平領軍攻打陣中直取水星公孫勝在陣中仗劍作法敕起五雷是夜狂風大作走石飛砂一斉点起二

十四部雷車李逵樊瑞共同引五百牌手護送進入大遼陣內扈三娘引兵便打入太阴陣中魯智深共打入太阳陣中盧俊义引軍隨着雷車众頭領自去尋对厮杀是夜雷車火起空中霹雳交加杀得神号鬼哭人兵掩乱且說兀顏統軍听得四下喊声大起急上馬时雷車已到中軍烈

關勝砍死兀顏統軍

火迸天關勝早到帳前兀顏統軍急取方天画戟与關勝張清取石子乱打四邉牙將李应柴進共縱馬橫刀乱杀兀顏統軍見身邉没了羽翼勒回馬望北而走關勝拍馬緊追花荣搭箭射去正中兀顏統軍後心听得爭地一声火光迸散正中在後心鏡上關勝赶上一刀兀顏統軍斬去半臂落馬花荣搶到先換了那匹好馬張清赶来再復一鎗可怜兀顏統軍一世豪傑一柄刀一條鎗結果了性命堪咲遼兵雄化作南柯一梦有詩为証

李靖六花人不識　孔明八卦佐間希
混天只想无人徹　也有神机打破時

却說魯智深引着武松共六員將吶喊杀入太阳陣内那耶律得重急待要走被武松一刀取了首级两个孩儿迯走魯智深曰俺們再去中軍截住大遼兵馬便是了事也那太阴陣中天寿公主听得喊起慌忙上馬一丈青舞刀拍馬引着顧大嫂共六員頭領杀入陣中正遇天寿公主交戰数合一丈青放開双刀搶入公主怀内劈胸揪住兩个正在馬上紐作一团王矮虎赶上活捉了公主顧大嫂孫二娘杀散女兵孫新張清隨後夾攻再說盧俊义引軍杀入中軍解珍解宝先把帥字旗砍倒当有保駕大臣簇跟大遼国王望北而走陣內罗睺二皇侄俱被刺死計都皇侄被捉紫炁皇侄不知去

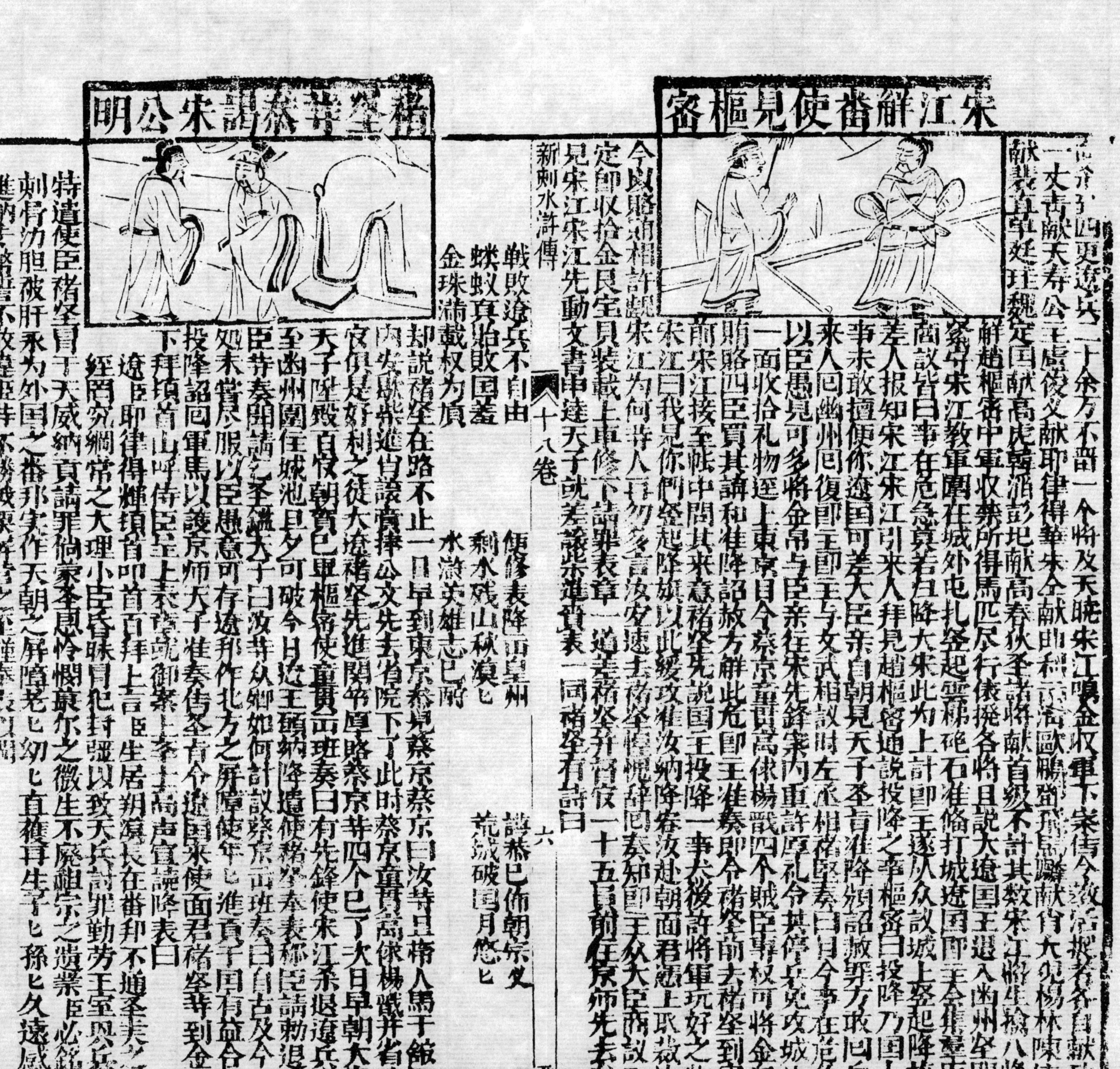

宋江辭番使見樞密

正合了四更進兵二十余万不留一个將及天晚宋江鳴金收軍下寨傳令教各將把看各自獻功
一丈青獻天壽公主盧俊义獻耶律得華朱仝獻耶利出清歐鵬鄧飛馬麟獻曾大見楊林陳達
獻裴直單廷珪魏定国獻高虎韓滔彭玘獻高春秋孟諸將獻首級不計其數宋江將生擒八將
解赴趙樞密中軍收禁所得馬匹尽行俵撥各將且說大遼国王退入幽州堅閉
緊守宋江教軍團住城外屯扎竪起雲梯砲石准備打城遼国郎王会集群臣
商議皆曰事在危急莫若且降大宋此为上計郎王遂从众議城上竪起降旗
差人报知宋江宋江引来人拜見趙樞密通說投降之事樞密曰投降乃国大
事未敢擅便你遼国可差大臣亲自朝見天子圣旨准降頒詔赦罪方敢回兵
来人回幽州回復郎王郎王与文武相議时左丞相褚堅奏曰目今事在危急
以臣愚見可多將金帛与臣亲往宋先鋒寨内重許厚礼令其停兵免攻城池
一面收拾礼物逕上東京目今蔡京童貫高俅楊戩四个賊臣專权可將金帛
賄賂四臣買其請和准降詔赦方解此危郎王准奏即令褚堅前去褚堅到宋
前宋江接至帳中問其来意褚堅先說国王投降一事大後許將軍玩好之物
宋江曰我見你們竪起降旗以此緩攻准汝納降答汝赴朝面君聽上取裁汝
今且賂賄相許覷宋江为何等人言勿多言汝安速去褚堅惶愧辭回奏知郎王众大臣商議已
定郎收拾金艮宝貝裝載上車修下請罪表章一道差褚堅并官役一十五員前往京师先去叅
見宋江宋江先動文書申達天子就差蕭茶進貢表一同褚堅有詩曰

戰敗遼兵不自由　便修表降西皇州　讀恭已佈朝宗史
蛺蝶真貽敗国羞　剩水殘山秋漠漠　荒城破国月悠悠
金珠满載权为賄　水滸英雄志已酬

褚堅并蔡謁宋公明

却說褚堅在路不止一日早到東京叅見蔡京蔡京曰汝等且帶人馬于館驛
内安歇待我進省議商擇公文先去省院下了此时蔡京童貫高俅楊戩并省院
官俱是好利之徒大遼褚堅先進閣下厚賂蔡京等四个已了次日早朝大宋
天子陞殿百官朝賀已畢樞密使童貫出班奏曰有先鋒使宋江殺退遼兵直
至幽州圍住城池旦夕可破今日遼王願納降遣使褚堅奉表稱臣請勅退兵
臣等奏聞請乞圣鑑天子曰汝等众卿如何計議蔡京出班奏曰自古及今四
夷未嘗尽服以臣愚意可存遼邦作北方之屏障使年〻進貢于国有益合准
投降詔回軍馬以護京师天子准奏傳圣旨令遼国来使面君褚堅等到金堦
下拜頓首山呼侍臣呈上表章就御案上拆開高声宣讀降表曰
遼国臣耶律得輝頓首叩首百拜上言臣生居朔漠長在番邦不通圣人之大
經罔究綱常之大理小臣昏昧冒犯封疆以致天兵討罪勤劳王室恐兵今
特遣使臣褚堅冒干天威納貢請罪倘蒙圣恩怜憫蕞尔之微生不廢祖宗之遺業臣必銘心
刻骨瀝胆披肝永为外国之番邦实作天朝之屏障老〻幼〻直獲再生子〻孫〻久遠感戴
進納年〻幣帛不敢違臣等不勝戰栗屏营之至謹奉表以聞

大遼国王迎接詔旨

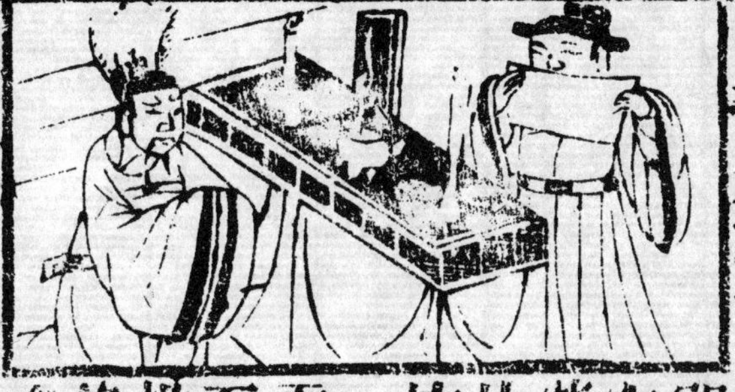

宣和四年冬月　日大遼国主臣耶律得輝　表

天子覧表宛命取御酒以賜来使敕令蔡京等先回謝恩拜辞去了是日朝散蔡京奏太師自回遼国蔡京次日入朝啓奏降　詔天子准奏命翰林院草詔一道差太尉宿元景賫詔前往遼国開讀詔勅命宋江等班师回国将应有被擄之人並放回原復城池朕别委任官員鎮守天子退朝百官皆散却說宿太尉領了聖旨便安排車馬同肖讓柴進出京師望陳橋驛進発正值年冬四野彤雲密布分揚瑞雪飄飄柳絮千林畏裝万里宿太尉一行人馬冒雪冲風迤邐進前正是雲横秦嶺家何在雪擁藍関馬不前有詩為証

太尉承宣不敢停　遠賫恩詔到遼廷
紛紛積雪関山路　弁服將裝迎使君

雪霽未消初臨邊塞柴進肖讓先使哨馬来報宋先鋒宋江見報便引衆迎至帳中排宴相待宿太尉說蔡京等受了遼国賄賂于天子前力奏此事准遼投降詔回軍馬宋江答曰非是宋某怨朝廷功勞至此又成虛度宿太尉曰先鋒休憂宿某回朝必当重保宋江曰某等兄弟一百八人竭力報国亦无希恩望賜之念只得衆兄弟同守勞苦实為万幸当日宴罷便差人報知大遼国王准備接詔次日宋江撥盧俊義林冲秦明呼延灼花榮董平李應柴進呂方郭盛引馬歩軍三千護送宿太尉入城幽州百姓排門香花灯燭大遼国王亲引文武出南門外迎接詔旨直至殿上十員大将立于左右遼主同百官跪听宣讀詔曰

遼主設宴迎請宋臣

大宋皇帝制曰三皇立位五帝禅宗雖中華而有主豈夷狄而无君茲爾遼国不遵天命理宜不赦朕覧其詞憐其哀切不忍加誅仍存其国詔書到日释放所擄之人一应城池不許侵擾所供之幣慎勿怠忽敬事大国祗畏天地此藩者之职也尔其欽哉詔示

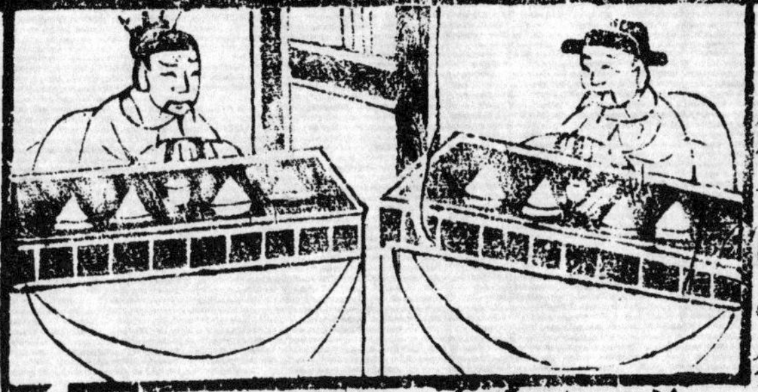

宣和四年冬月　日

開讀詔旨已畢郎主与百官拜稽首行君臣礼畢郎主与宿太尉相見請入便殿大設華筵宴罷送太尉与众將于館驛内安歇次日国王命丞相褚堅至寨請趙樞密宋先鋒同入幽州赴宴宋江便与吳用計議不行只請趙樞密入城相陪宿太尉是日大排筵席相待酒至半酣捧出好玩之物献上宿太尉趙樞密飲至更深方散第三日遼主会集文武送太尉樞密出城再命褚堅將牛羊馬匹金銀綵緞直至宋先鋒軍前犒賞軍將宋江教取天壽公主一千人口放回本国一面先送宿太尉還京次発中軍護送趙樞密起行宋江使人入幽州請二丞相赴軍中議事当下遼王教左丞相幽西孛瑾右丞相褚堅来見宋江邀請上帳分賓主而坐宋江曰俺領大兵到此本不容汝投降打破城池尽皆勦滅今奉上命憐降詔赦罪实与君臣之福也吾今班师回国汝宜謹慎自守休得故犯天兵再至決无軽恕宋江用好言語戒諭二人伏罪懷謝而去宋江却撥一隊軍兵与女將等先行随即喚随軍石匠採石為碑令肖讓作文以記其事金大堅鐫石已畢竪立在永清県一十五里茅山之下至今古跡尚存有詩為証

伪遼旦順已知天　納幣稱臣自此年　琢石鐫名表功績　頡頏銅柱及燕然

宋江領众參謁智真

宋江將軍馬扮作五起起行只見魯智深在帳前对宋江曰小弟自上五台山投礼智真長老落髮為僧不想辭後兩番閙了禪門却辭了师父下山得遇哥々已經數載本师曾說偈言是殺人放火的僧久后却成正果今要往五台山參礼本师將功賞所得金帛之資都做布施再求問师父前程宋江听了便曰你既有這个去處俺們昔同你去參礼求問前程宋江令盧俊义掌管軍馬陸續先行只帶众兄弟跟魯智深上五台山來正是

暫棄金戈甲馬　來遊方外叢林　雨花臺畔　來訪道德高僧　善法堂前　要見燃灯古佛　直教一語打開名利路　片言打透死生関

畢竟宋江与魯智深怎的參禪且听下回分解

○第八十三回　五台山宋江參禪　双林渡燕青射雁

韓文參大顛　東坡訪玉泉　僧來白馬寺　經到赤牛年
葉々風中樹　重々水裡蓮　无塵心境靜　只此是真仙

且說宋江同魯智深一千人馬來到五台山下屯駐先使軍人报知宋江並步行上山只听得寺內鳴金擊鼓众僧出來迎接宋江並到方丈前長老降階而接請坐焚香拜罢智深向前拈香礼拜罢宋江曰久聞長老清德奈俗緣淺薄无由拜訪今因奉詔破遼到此得以拜見平生万幸智真長老曰久聞將軍替天行道忠义存心吾弟子跟將軍亦緣也宋江稱贊不

智真與宋公明偈語

已有詩為証

謀財致命兇心重　放火屠城惡行多　忽地尋思念頭起　五台山上礼弥陀

魯智深將金銀綵緞上献本师長老想是不义之才再三不敢受魯智深曰弟子累戰家私之物今日將來献納本师以充公用長老曰既然如此与汝置经一藏消滅罪惡早登善果智深拜謝当日庫司办斋完备鳴鐘会集众僧於法堂上智真長老先拈信香祝贊已罢就法座而坐宋江魯智深并众頭領向前拈香礼拜宋江曰某有一言敢問吾师浮世光阴有限苦樂无边人身至微生死最大特來求問於禪师長老便答偈曰

六根束縛多年　四大牽纏已久　堪嗟石光火中　翻成几个筋斗
咦　閻浮世界諸众生　泥沙堆裡頻哮吼

長老說偈已畢宋江同众將拈香礼拜說誓曰願兄弟同生死世々相逢請下雲堂赴斋宋江拜問長老曰弟子与智深本欲相从指迷但以統領大軍不敢久恋望吾师乌化智真長老又書四句偈語曰

当空雁影翩　東闕不團圓　双眼功勞足　双林福壽全

寫畢遞与宋江曰此是將軍一生之事久而必应宋江看了不知其意又問曰弟子不悟法語望乞明解以釋其心長老曰此乃禪机過後方知又喚智深曰吾与汝相別正果如今將临也与你四句偈言終身藏用偈曰

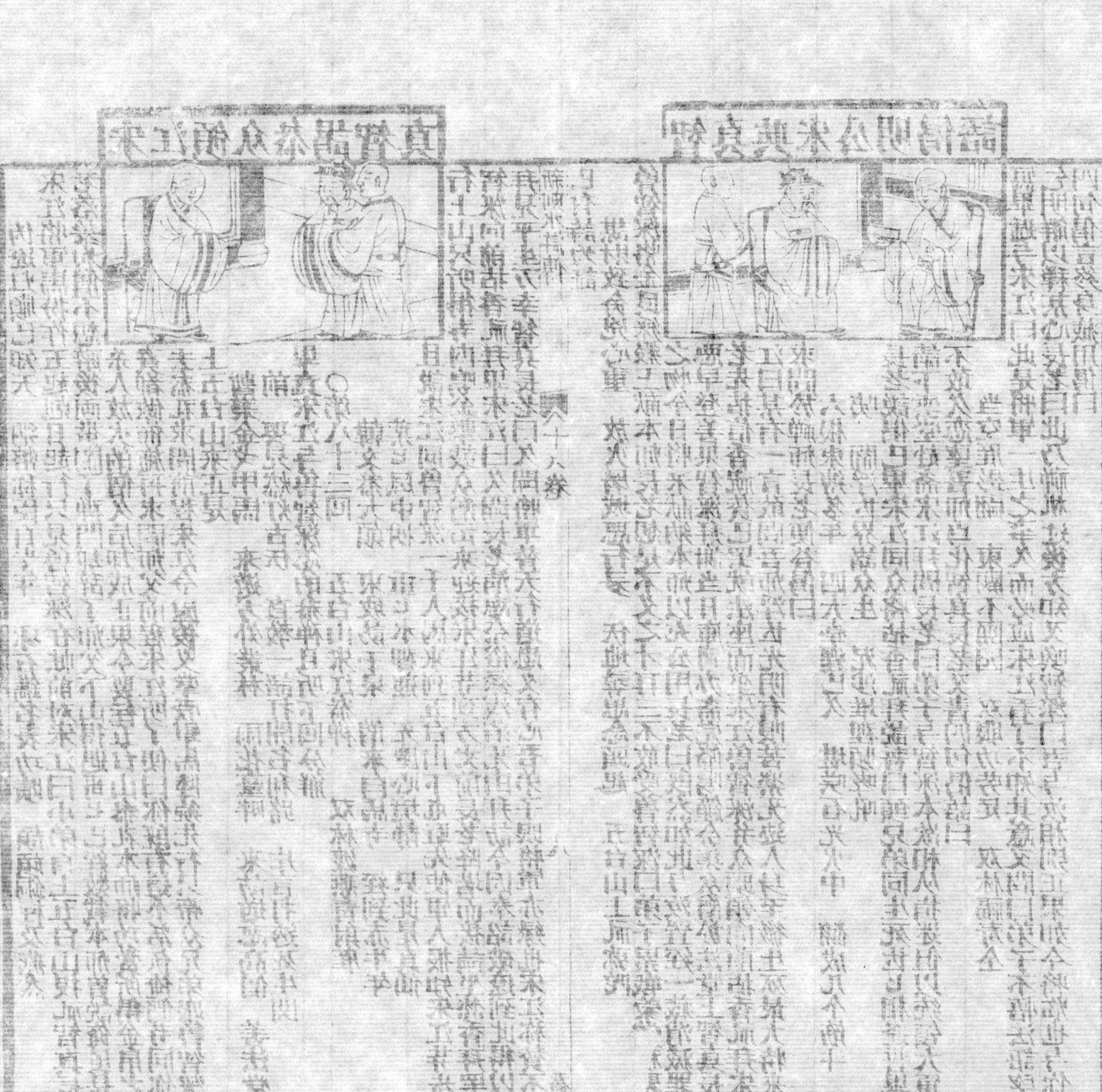

逢夏而擒　遇臘而执　听潮而圓　見訊而寂

燕青射雁宋江訓誡

智深拜受偈語次日宋江智深并众将辞别智真長老長老同众僧送别出山門宋江等下山回到軍前俊义吴用等接着相見宋江将前偈語与众观看皆不曉其意公孫勝曰禅机法語久後方知宋江傳令軍馬起行登程数日来到双林渡宋江在馬上仰觀空中寒雁不依次序有驚鳴之状宋江心疑忽听前軍唱采使人詢問飛馬回报曰燕青初学弓箭空中射雁因此諸将喝采宋江喚燕青前来見馬上帶着死雁数隻宋江問曰恰纔你射雁来燕青曰小弟初学弓箭見空中群雁隨意射之不想皆中宋江曰学習弓箭乃为将本等的事射得下来是你去处我想宾鴻避寒離了天山御芦渡関越江南地覓求食稲粱初春方回此禽仁义礼智信俱備空中遂見有悲鳴之聲失伴孤雁並无侵害此为仁也一失雌雄死而不配此为义也依次而飛不越前後此为礼也預避鹰雕啣芦过関此为智也秋南春比不越而来此为信也此禽五常兼備豈可害之天上一群鴻雁相呼正如我等兄弟一般你却射那数隻正如我等相失众心何如今後不可害此礼义之禽燕青嘿无言悔罪不及宋江有感口占一首詩云

山嶺崎嶇水渺茫　横空塞雁両三行　忽然失却双飛伴　月冷風清哀断腸

宋江吟詩罢不覺心中悽惨当晚屯兵于双林渡口宋江在帐中因感燕青射雁之事教取紙笔作詞一首

楚天空濶雁离群　万里怳然驚散　形顧影　欲下寒塘正草枯沙淨　水平天遠　寫不成書　只計得想思一点　暮日空濠　曉烟古塹　訴不尽許多哀怨　揀尽芦花何处宿　嘆何时玉関重見　嘹喨憂愁嗚咽　恨江渚难留恋　試觀他　春尽归来　画梁双燕

宋公明等朝見天子

宋江领軍遙与吴用公孫勝看詞中之意甚是悲哀当夜飲酒甚醉次早俱各上馬望南而行正值暮冬景物凄凉宋江於路中有所感不覺到京屯扎軍馬于東華門外伺候圣旨且說宿太尉趙樞密先到京师将宋江等功劳奏知天子天子大喜既傳圣旨命宋江等朝見都教披掛从東華門至文恵殿朝見天子拜舞山呼皇上看了宋江众将英雄糾七尽披錦袍惟吴用公孫勝魯智深武松四人穿本身服色圣上大喜曰寡人知卿等为国西方卿等之功也宋江再拜奏曰今沙塞投降实乃陛下仁天之賜天子即命省院官計議封爵太师蔡京樞密使童貫商議奏曰方今西边未寧不可陞迁且加宋江为保义侯带御器械正受皇城使副先鋒盧俊义为宣武郎带御器械行营團練使吴用等三十六員加封为正将軍朱武等七十二員加封为偏将軍支給金艮賞賜三軍人等天子准奏仍勅与省院官加封爵祿宋江等就于文恵殿叩首謝恩天子命光祿寺大設御宴又賜宋江錦袍一領金甲副名馬一疋盧俊义等各于府内関支[illegible]宋江等謝恩而朝回到行营朝廷委用不在話下却說当时有四处賊寇作乱各伯一方不得[illegible]天遼尚有三处未服乃是江南方臘河北田虎淮西王慶惟有河北离東京最遠

宿元景保奏宋公明

凡个州郡按田虎是河北沁州安原人家中滌园常为造作局場被沁州收府科需以致州扎了
姓受苦人皆相聚为盗田虎兄弟乘机会招納流民哨聚沁州凌州遂州等処百姓万余人聚
誅蔡京童貫为名杀人放火劫掠百姓官軍不敢当其鋒遂与弟田彪占了沁州設立文武等官
制置宫院称王建号近日侵打凌州暇下林寧県韓嗣
閉城門賊兵連日攻打韓嗣復寫告急文書
省院官来見太尉蔡京商議蔡京
月乃一日天子設朝文武
着凌州休寧県告急
乞圣鑒天子曰
下回分解

宿元景奏
討此
食

徽宗命宋江征田虎

兵符授大元帥之職任从各処調遣童貫領旨出朝到樞密院中発兵調取東京管了五路兵各起兵二万千楊州伺候調遣又於御林軍內選占二万守護中軍両員良将畢勝鄷美为左右翼又選高員勇将趙譚王稟为前部先鋒引三万五千馬軍先行童貫次日引領將佐共四十五員精壮軍士一十三万望江南去征方臘次日徽宗皇帝宣取宋江面君委受征討之職宋江与盧俊义直到披香殿朝見天子山呼畢天子曰卿等为国而力收伏大遼其功不小特因四方賊盜生発未尽勦除以致卿等未曾受封今宿太尉奏卿征田虎候在建功当重封爵宋江拜伏曰臣等叨陛下之恩虽肝腦塗地不足補报也天子大悅杀賜宋江盧俊义御酒二盃金花両朶回営速整軍伍随即起程宋江盧俊义会集众兄弟曰今日面見天子着我等征討田虎此回比大遼不同河北一路嶮隘路径叢雜又兼田虎部下皆是精兵猛將不可輕敵我令水軍李俊張順张横三阮整備船隻候旨起程忽报朝廷差使賫奉圣旨已到宋江即排香案与盧俊义等迎接勅旨众人跪下使臣開讀詔曰

皇帝敕諭順天護国秉义全忠宋江等迩者田虎作乱侵擾边疆掳掠凌州所属为害匪輕今特敕命宋江为平北招討使大元帥盧俊义为招討副元帥関为征北正先鋒呼延灼为副先鋒吳用为行营正軍师朱武为副軍师公孫勝为开
真人封女将扈三娘孫二娘顧大嫂等为定遠夫人安道全为行軍太

其余众將尽封爲步指揮使即目與師直抵與次伐罪吊民掃靜邊界部下將士俱有功者表申夕重加爵所过州県即使应付錢粮如有不遵者從处置故茲勅諭

宋江等受詔已畢擇日便行皇甫端東禀曰此处有一人姓許名貫忠乃河北曲阳人也幼与小弟在廣江相会曾言田虎晋他画宮殿訖晋部下所用後見田虎不仁逃归故里見在本鄉教李曾武举射得好箭跟过田虎必知来歷哥ヒ着人請来問他根由豈不美哉宋江所言只皇甫端随即迳到守义坊見了許貫忠备訴前情皇甫端曰目今宋公明哥ヒ奉天子敕命去征河北田虎特命小弟敬来相請許貫忠曰久聞宋公明是个大丈夫豪杰弟来召即当赴命同到行营来見宋江宋江見忠一表非俗甚喜教設宴欵待飲酒之間宋江問曰兄弟皇甫端幼与足下相知深羡公志聞公曾从田虎必知曲折望乞指教進攻之策貫忠袖裡取出一啚遞与宋江曰將軍行兵只依此啚直取賊巢唾手可取宋江問曰足下此啚从何而得貫忠曰昔在田虎帳下之时但是部兵侵占州郡啚忠同行每至險隘屯兵之所及經行河路必画下一啚某地可以進兵甚処可以埋伏並无分毫差錯將軍到此不識之処開啚便知進攻之策宋江看罷大喜問曰水路何処進攻貫忠曰自黛河一百多路至滹沱河自代州幽城県東去至合州大海另有水路亦无攻取之処田虎占拠州郡都是旱路此去只用馬步軍可以取勝宋江欲留貫忠同行忠曰有老母在堂无人奉养不敢从命宋江見他孝心难以屈留取黄金二十両白銀

許貫忠獻燕州地理圖

凌州太守遠迎宋江

五十両酧謝貫忠而去宋江与盧俊義拜辞宿太尉趙樞密上路此去時三日已到北京梁中書令周城邑城迎接到堂上礼畢請宋江盧俊義正面而坐俊义曰小人無此德原是治下安敢此坐梁中書再三承請众頭領依次而坐遂設宴欵待已畢宋江辞謝西営安下次日水軍頭領李俊張横来帳中見宋江禀曰今戰船整斉專候哥ヒ軍令宋江与吳用商議吳用曰貫忠說水路不須進兵且令水軍一万拠住凌州我与兄長从陸路而進以分田虎之勢宋江曰軍师所言正合吾意傳下軍令着張宣撫下大小頭領二十六員正先鋒関勝請軍师朱武郝思林冲孟康侯健燕青鮑旭項充三阮童威童猛樊瑞李忠周通李俊張横張順宣贊孫新孫二娘秦明湯隆分撥已定其余众將尽随宋江从大同関進発先說関勝会集李俊張横張順寺部領一万水軍来到凌州鎮守凌州太守柯守馬殷接入城設宴相待関勝問田虎消息如何太守曰田虎攻休寧県甚急所得朝廷兵致鮮闉去了目今田虎差大將王慶王吉兄弟拠住西陵山每ヒ來侵占凌州下官日久准備守城今幸得將軍到此天子之福下官之幸也関勝問曰西陵山在何処太守曰在西一百里路正說間探馬來报王慶王吉差先鋒張翔引兵二万來打凌州関勝曰兵來我去迎他便令孟康侯健監造戰舡其余尽数起發前去打听賊兵在北凌口令下寨朱武排成陣勢関勝提刀出馬大罵曰鼠寇无端天兵到此尚自抗拒河北刀出馬直取関勝戰至五十合不分勝敗鈕文忠挺鎗出馬助戰関勝全无惧怯

忠寺夜刦宋寨

陣望田彪後心一鎚打下馬来沈安张仲抵死救去了鈕文忠回馬便走関勝不赶收軍天晚一陣怪風遍処朱武聞知風色对関勝曰今夜必有賊兵刦寨可要隄防関勝傳令教李忠周通鮑旭樊瑞李俊孫新顧大嫂各引兵三千左边埋伏燕青扈郝思文湯隆二阮各引兵三千右边埋伏童威童猛张横张順埋伏寨内放炮为号関勝寨中点灯炬与朱武对坐談论分撥已定鈕文忠敗回寨与众人商議曰今夜好去刦寨众人皆言此計可行鈕文忠沈安张文礼向前秦升馬思一人为合後董澄耿恭为左右翼只晋孔成守寨鈕文忠引一万余兵盃手関勝大寨鈕文忠遙見関勝与朱武对坐引前部軍吶喊杀入寨中正搶上帐只所兩边伏兵発喊撓勾套索把鈕文忠沈安活捉了张文礼被张順一刀砍死朱武就寨中放起号炮四下伏兵並起後軍便回被燕青等伏兵攔住樊瑞仗劍作法唱一声起只見空中火把不計其数千万个黄巾力士从空中打来一万余兵杀死大半四更天神已散風息天明関勝升帳押过活捉四人拜伏在地情愿投降関勝差林冲阮小七押送凌州交付与柯太守施侯宋江領兵在大同関下寨哨馬来报把関元帥山士奇速令先鋒吴可成石恭石敬石遜引一千五百軍离関一十里下寨兩陣相对宋江問曰誰擒此賊呼延灼應声而出吴可成挺鎗拍馬来迎二將閗到五十余合石恭見吴可成力怯拍馬挺鎗助戰呼延灼一鞭把石恭打死石敬石遜見了大怒云陣夾攻呼延灼越逞精神正戰之間张清恐呼延灼有失走到陣前取石子打中吴可成面上

盧俊义大戰山士奇

番身落馬李逵赶上砍死石遜被呼延灼打折右臂兄弟二人敗上関来山士奇問曰恁的敗回石敬把前事告知士奇大怒传令点兵三万戰將数員下関搦戰宋江令呼延灼拍馬岀陣石敬与士奇曰石恭等俱這使双鞭的打死了士奇笑曰此等之人何足惧哉挺鎗直取呼延灼鬪三十余合不分勝敗石敬要与兄报仇閃在馬後拈弓搭箭射中呼延灼左臂呼延灼帶箭便走被士奇一鎗搠倒戰馬花荣张清力救回陣盧俊义拍馬来戰兩个正是对手鬪五十余合不分勝敗泡全挺鎗岀陣中被张清一石子打下馬来史定急救去了袁景達手执一百斤石鎚打將来李逵掄起双斧迎住項充李衮引牌手滚將去却將袁景達馬脚砍倒撞下来被李逵砍作兩段山士奇和俊义戰到深処士奇見不是对頭勒馬便走盧俊义不捨拍馬追去被曾全睦輝史定三將岀来夾攻石敬保士奇上関去了盧俊义力敵三將大喝一声却把曾全剌于馬下活捉过来史定睦輝便走上関坚閉不岀宋江鳴金收軍回寨各人献功賞勞三軍且說山士奇一面申文求救一面緊守関隘再說宋江与吴用商議取関时迁曰小弟所知内有个百尺浮圖宝塔我同石秀哥帶轟天子母炮四个潜地扒上関去將炮架在関楼上用藥線三五丈長引着連珠炮响就関内放起火来哥々引兵来裡应外合宋江依允当晚二人来到関西时迁上去一看不能入去星光下只見一株大樹倚在関边时迁从樹上濇将下去見沒動静復上来对石秀曰你可将炮上関楼脊上施放我去塔上放火若見関内四散火起你便可下来砍開関門二

宋公明打開大同關

人說罢时迁扒上塔頂听时已是三更宋江与盧俊义引一万哨兵十二員大將次後生清索超
芽引兵五千到下攻打關門內听得正上關樓放弩箭擂鼓却被石秀点着藥線關樓上連珠炮
响唬得守關軍士各自逃命时迁听得炮响就塔上放起火来關內鼎沸石秀从樹上跳下来早
把關門砍開众兵搶入關来山士奇投北而走天明宋江入關教救滅了火出
榜安民功劳簿上写时迁石秀頭功宋江对吴用曰今日众兄弟齊心已得此
關再把許貫忠地圖展開观看關此九十里外便是玉門關却有镇將守把軍
师有何妙策可取此關吴用附耳低言數句直教玉門關外变作屍山血海金
烏嶺下番成劍樹鎗林畢竟如何且听下回分解

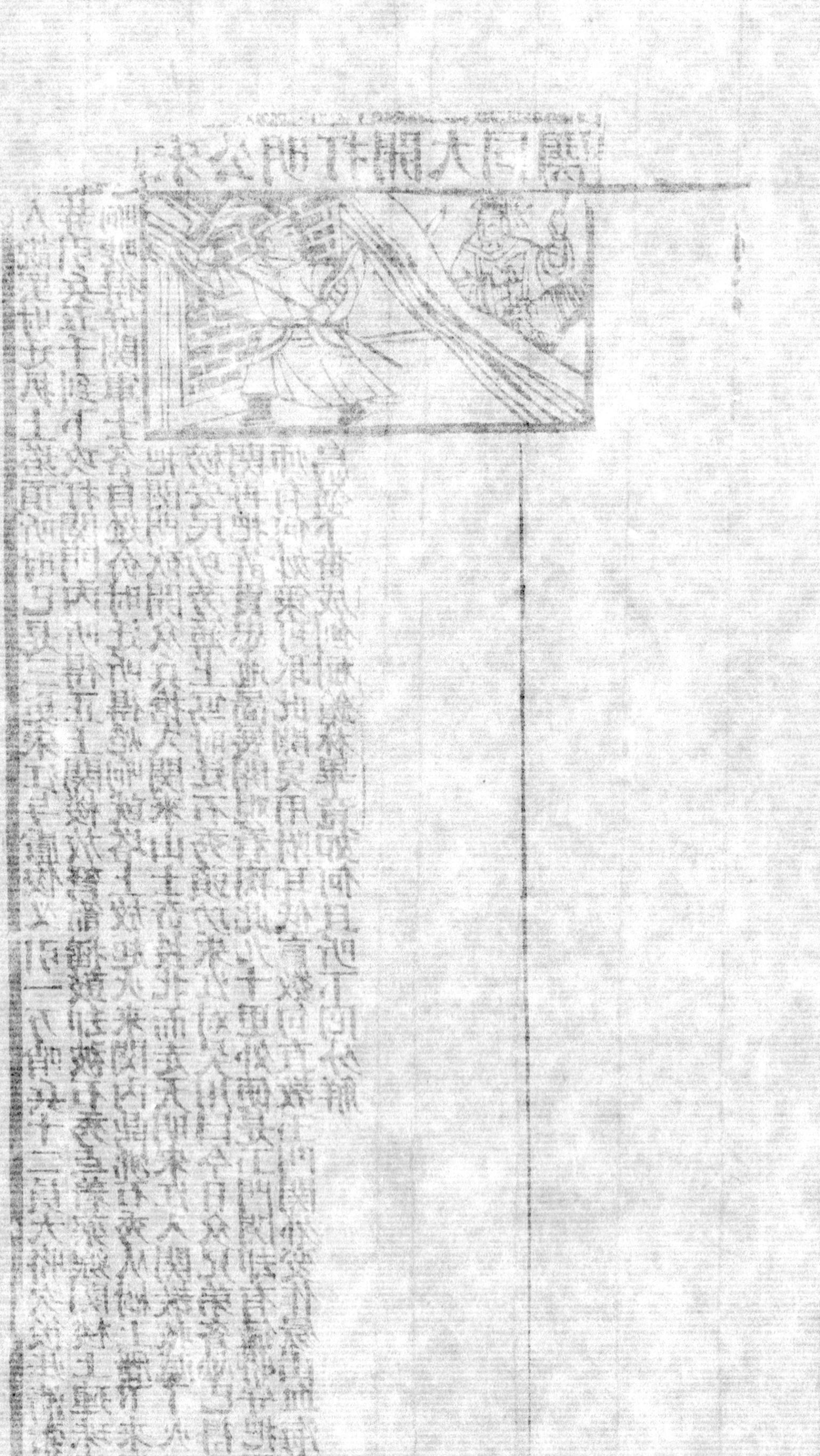

新刻全像忠義水滸傳第十九卷

○第八十五回　盛提措奪义投降　元仲良憤激云家
杀気迷漫動戰塵　循忠仗义馬頭控　英雄解甲投幛幘
壮士棲身避於名　天子从客須厚爵　將軍殫竭守長城
功成倚仗英雄策　不負勤劳仰圣明

宋江寺計取玉門關

宋江与吴用商議取玉門関吴用曰急切不能取且按兵不动山士奇敗去必有兵来我先分兩路軍遠抵玉門関山林深処埋伏等他兵至与他厮杀令人飛報伏兵就那里杀入関去陣手可得宋江曰先撥副元帥盧俊义董平鄧飛蔣敬馬麟郝思文韓滔彭玘共八个頭領引兵一万抵玉門関下搦戰只要詐敗誘他来赶又撥兩枝軍副先鋒呼延灼張清孫立王英一丈青鄒淵鄒潤史進李应杜迁步軍頭領魯智深武松李逵李衮朱仝雷横解珍解宝凌振楊林共二十名各帶三千軍望玉門関山脚兩边埋伏只听轟天炮响西下齊出众將領令去訖却說山士奇引敗軍回玉門関来見田实々々乃田虎族弟有万夫不当之勇手下一將姓莫名真端統軍王石方順王玉麟楊端魯吉安士榮方春盧元显雲宗吴元伍宪馮山夏侯雄山貝隆沈存安万瓊盛本褚大亨赫連共二十員將有精兵七万把守王門関当下山士奇拜伏請罪曰小將一时寡不敵众失陥前関田实曰差猛將復奪大同関石敬

田实差将復奪大同

曰宜臣告大王宋軍中有个飛石將好生利害难以防備被他連打了五將大王仔細提防此人忽探馬报宋軍到田实急令端統軍同副將莫真王石方順王玉麟楊端共七員大將引軍馬五万元関迎敵其余牙將守住関口且說端統軍等引軍兩関三十里下寨擺開隊伍莫真大叫宋江打話盧俊义曰誰人去敵馬麟出馬大叫賊將不下馬投降更待何時莫真輪刀直取馬麟約戰二十合馬麟便走莫真趕追上數十里自回原来馬麟故意詐敗盧俊义附耳低言与馬麟曰你去对呼延灼說知如此々々馬麟遂投東路去了盧俊义搦戰莫真出馬董平接戰約有二十余合莫真力怯便走王石提斧直奔董平二人鬥不数合董平回馬便走方順招衆將盡力追赶三十里下寨盧俊义也下寨五日按兵不動端統軍見宋軍不動令衆將乘势追赶復奪大同関于玉麟楊端二人諫曰[illegible]說盧俊义有万夫不当之勇如今漸々退走負誘敵端統軍曰我量此等死貨之徒力怯敗走汝等若不向前便行処斬衆不敢言只得連夜赶来盧俊义衆軍且戰且走端統軍招動軍馬掩杀又追三十里下寨且說馬麟来見呼延灼覆曰奉盧元帥軍令若是端統軍赶他有二百里遠教哥々先引兵叩玉門関攻擊引田实軍馬下山漫々引他去遠大后令魯智深等從山後抄將来乘势奪関随路起信炮哥々復兵入関此时唾手得呼延灼即進兵搦戰就煩夫弟去関西报步々軍頭領知会行事馬麟去了呼延灼使人报知魯智深李逵与朱仝雷横等連夜進兵到関背後埋伏等候却說呼延灼引兵叩関搦戰田实大驚急呼首將樁

端統軍引兵追宋軍

吉并商議曰端統軍引兵追趕去遠不知宋兵今又落關石敬曰端統軍追盧俊义宜入深地可点大軍出關迎敵出字郎令安士荣引蘇吉牛万春并軍下關迎敵孫立出馬与蘇吉交鋒戰二十合孫立詐敗而走蘇吉赶来孫立回鞭打死蘇吉那安士荣大怒赶来孫立回馬来鬥三十合回馬又走安士荣不赶立馬横鎗高叫納命的来一丈青舞双刀来戰鬥二十余合一丈青回馬便走安士荣赶来张清取石子飛打士荣落馬雲宗善提大斧自赶一丈青戰二十合一丈青又走宗善不赶张清勒馬再出宗善大怒掄斧砍来张清取石子打去把雲宗善打下馬来石敬牛万春急救回陣鮮兵掩杀呼延灼且戰且走解珎凌振把冲霄炮架起在關前施放關中軍將大驚牛万春听得炮响急回呼延灼復兵追趕牛万春石敬拚命而走早被魯智深武松李逵砍將入去關內軍兵措不及众軍到關下李袞楊林捉了雲宗善石敬被凌振一刀砍为両段吳元被解珍杀死伍晃被鄒潤捌下馬来朱仝雷横捉了馮山盧元显被一丈青活捉去了李逵斧砍死王石史定杜迁杀了牛万春孫立活捉山景隆鄒淵杀了石遜史進杀了夏保雄解宝杀了沈存安李应刺死陸輝山士奇逃走不知去向瓊盛本褚大亨赫連仁引三五百兵投金烏嶺去了却說端統軍追盧俊义听得宋軍入關大驚急回關下盧俊义伏兵追杀董平刺死方順鄧飛斬了于玉麟郝思文活捉楊端盧俊义生擒端統軍当日三処軍馬奪了玉門關盧俊义令众將献功只見魯智深拿得田実李逵提両个人頭到宋江軍馬都到關上把捉到賊將斬首号令

笠統軍引兵敵俊义

屯扎玉門關十日宋江与吳用曰金烏嶺不知誰人可去盧俊义欣然应曰小弟願往众皆大悅盧俊义引六个頭領辞了宋江迤逦来到雲谷口下寨却說金烏嶺有七員大將守把是笠一文敬元仲危查升曹洪黄訓宋延沈澤部領雄兵二万鎮守当日正議軍情忽报宋軍直抵嶺来挑戰笠統軍大怒曰我教這厮死无葬身之地即便点軍迎敵方瓊曰宋江兵勢甚大难以迎敵若以愚見只紧守關門彼兵遠来粮食不敷不久自退我乘其勢追之可復大同玉門二關不知統軍意下若何笠統軍不听自引兵一万五千下山擺開陣勢宋軍陣上董平出馬笠統軍曰誰与我捉此賊背後黄信拍馬出陣両馬相交鬥三十余合董平手起一鎗正中黄信左臂負痛撥馬回陣宋延搶出直取董平韓滔出馬迎住戰不十合韓滔便走宋延拍馬赶来被韓滔一刀砍死笠一文敬大怒掄斧出馬与將敞迎敵鬥数十合將敞便走馬麟急救將敞見馬麟出馬遂勒馬夹攻笠一文敬全无惧怯彭玘見二人戰他不过便挺鎗来助戰沈澤掄双斧接住彭玘董平又来夹攻当住却說吳用自从盧元帥領軍前進放心不下令呼延灼张清史進李应孫立杜迁帶八馬前来助戰却好六人到陣正見三对兒厮杀张清取石子望笠一文敬打中太阳落馬而死沈澤无心恋戰被彭玘一鎗刺死俊义乘勢招兵掩杀上嶺元仲危接住戰不数合被盧俊义一鎗刺死馬下查升曹洪双敵俊义力戰二將方瓊盛本又出四个圍住被张清一石子打了一个盧俊义一鎗刺死查升活捉了曹洪唬得方瓊褚大亨盛本望北而走黄訓被乱兵所杀俊义上嶺

曹洪拜謝俊乂不杀

屯扎各人獻功活捉曹洪皆自情愿投降俊乂大喜曹洪拜謝曰多蒙不杀之恩前有蘇林嶺小將頭領將軍去取前面便是白虎鎮乃是元帥烏利得安统十万大兵在那里拒住只有此路兵多將廣难以打过其余唾手可得盧俊乂使人报知宋元帥宋江便令曹洪为河北開路先鋒挑驍騎四員張清丁得孫董平龔旺并三千軍馬助他前行一百里下寨且說賊本原是北京提轄因恶高太尉要害他那時奔上梁山泊因无門路遂在河北投在田虎部下今見曹洪降了也引五百兵當夜來到盧元帥寨前投降探子报曰寨外有一將口稱北京人氏特來拜投盧俊乂令喚入來盛本延入拜曰某是梁中書帳前提轄盛本元帥認得否俊乂慌忙下帳扶起問曰提轄为何在此为將盛本告以前事今將軍馬献与元帥盧俊乂分与众將相見了隨即申报宋江知道自盧俊乂占了金烏鎮又得二將当日請盛本商議曰蘇林嶺西有一山名曰巨雁峯其山極高雁飛不能渡故有此名內有一夥強人为首的是拔山力士唐斌原是浦東人氏使一把開山斧一百二十斤有万夫不当之勇第二个是撼山力士文仲容使一條丈八蛇矛鎗第三个是移山力士崔埜使一條混鐵鎗第四个是劈山力士也恭使一柄大刀招得有一万余人不屬南北統自稱寄在海此四人來降何愁河北不降盧俊乂曰足下去說他來降盛本曰曾与他爭戰我去兜用正說間人报宋元帥到俊乂等接入大寨盛本向前下拜曰小將冒犯元帥虎威切乞恕罪宋江連忙答礼曰足下是盧元帥鄉人何故下礼盛本遂再拜宋江为兄盧俊

徐寧共褚大亨大戰

乂曰巨雁峯有四个好漢路徑及熟只是难得他來吳用曰只可說他來降当日備筵席至晚方散却說方瓊等引敗兵走到飛狐寨投見元仲良說知宋軍势大又占了金烏鎮元仲良次日引方瓊褚大亨赫連仁又旃羽嬰二將蔡英谷全美引二万軍馬來金烏鎮下搦戰軍校來报曰北軍山下搦戰宋江問誰去迎敵徐寧曰小弟愿往盛本曰若戰蔡英谷全美二人不可輕敵青覷方便宋江又令張清史進湯隆領兵助戰徐寧匹馬褚大亨对陣二將並不打話鬥二十余合不分勝敗張清飛起一石子打在褚大亨頭頂上大亨大驚便走谷全美使鉄鞭迎住徐寧二人戰到六十余合徐寧力怯便走谷全美拍馬赶來張清取石子打去把谷全美打下馬來徐寧回馬把谷全美一鈎鐮鎗捨住活捉去了湯隆招動人馬掩杀追赶二十里自回却說元仲良走回寨中只听得山後大喊原來徐寧下山时吳用隨使李逵李袞魯智深武松引五百牌手从元仲良寨後杀來蔡英慌忙掉鎗上馬迎敵正撞着魯智深掄起鉄禪杖打來兩个戰到十余合李逵使牌手滚將入去把蔡英馬脚砍倒蔡英下馬和魯智深步戰救令方瓊掄刀來迎助戰魯智深大叫一声把方瓊一禪杖打着左臂撇了軍器便走前軍徐寧望見塵起人报宋軍与北軍交鋒即引众將又到湯隆与元仲良戰不十合湯隆力怯史進一馬夾攻張清徐寧趕杀北軍大敗李逵武松把蔡英結果了元仲良被湯隆一鎚打下馬徐寧一鐮鈎鎗搭过馬來那褚大亨赫連仁方到鎮一千人落草去了李逵杀性起身上中箭倘自不知押二人來見宋盧二元帥宋江

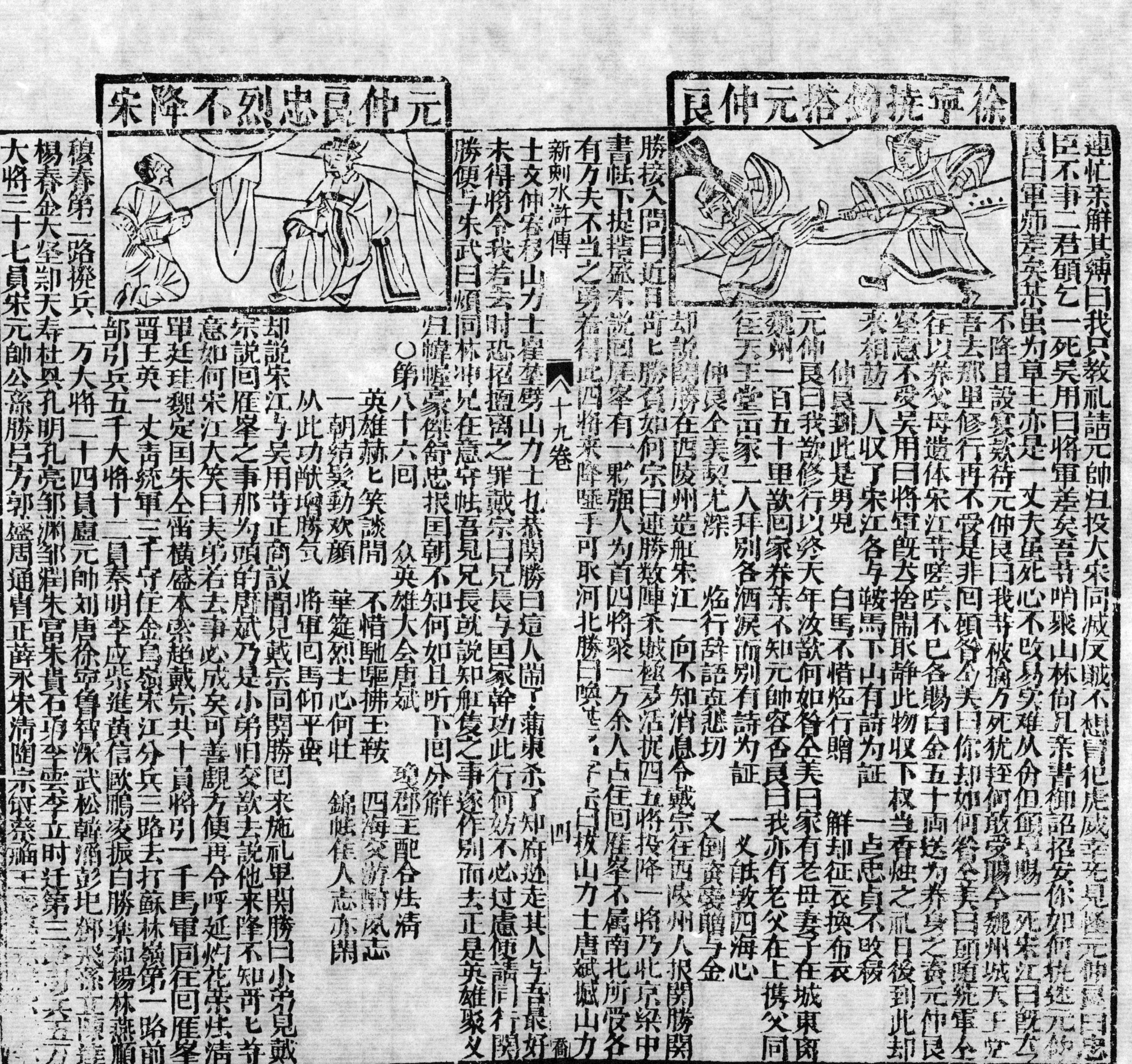

徐寧挑鈎搭元仲良

連忙亲解其縛曰我只教礼請元帥归投大宋同滅反賊不想冒犯虎威幸乞見恕元仲良曰忠臣不事二君願乞一死吴用曰將軍差矣吾等哨聚山林伺凡亲青御詔招安你如何執迷元仲良曰軍師差矣某虽为草王亦是一丈夫虽死心不改易实難从命但願早賜一死宋江曰既然不降且設宴款待元仲良曰我等被擒乃死犹輕何敢受賜今魏州城天王空吾去那里修行再不受是非回頭發付全美曰你却如何發付全美曰願随統軍全任以养父母遺体宋江等嗟嘆不已各賜白金五十両送为养身之資元仲良堅意不受吴用曰將軍既去搶開取静此物收下权当香烛之礼日後到此却来相訪二人收了宋江各与鞍馬下山有詩为証

一点忠貞不改移　仲良到此是男兒
白馬不惜焔行贈　解却征衣換布衣

元仲良曰我欲修行以終天年汝欲何如發全美曰家有老母妻子在城東离魏州一百五十里欲回家养亲不知元帥容否良曰我亦有老父在上携父同往天王堂西家二人拜别各洒淚而别有詩为証

一义能敌四海心　仲良全美契尤深
焔行辞語甚悲切　又到贫囊贈与金

却說関勝在西陵州造船宋江一向不知消息令戴宗往西陵州人报関勝関勝接入問曰近日哥々勝貧如何宗曰連勝数陣杀賊極多活捉四五將投降一將乃北京梁中書帳下提轄盛本說回雁峯有一夥强人为首四將聚一万余人占住回雁峯不属南北所管各有万夫不当之勇若得此四將来降唾手可取河北勝曰[illegible]曰拔山力士唐斌撼山力士文仲容移山力士崔埜劈山力士也恭関勝曰這人開了蕭東杀了知府逃走其人与吾最好未得將令我若去时恐招擅离之罪戴宗曰兄長与国家幹功此行何妨不必过慮便請同行関勝便与朱武曰煩同林冲兄在意守帳吾見兄長說說知船隻之事遂作別而去正是英雄聚义归韓轅豪傑奇忠报国朝不知何如且听下回分解

新刻水滸傳　十九卷　四　喬

○第八十六回　众英雄大会唐斌　瑯琊王配合炷清

英雄赫々笑談間　不惜驰驅拂玉鞍　四海交遊騎風志
一朝結髮動欢顏　華筵烈士心何壯　錦帳佳人志亦閑
从此功献增勝氣　將軍回馬仰平蛮

却說宋江与吴用等正商議間見戴宗同関勝回来施礼畢関勝曰小弟見戴宗說回雁峯之事那为頭的唐斌乃是小弟旧交欲去說他来降不知哥々尊意如何宋江大笑曰夫弟若去事必成矣可善覷方便再令呼延灼花荣炷清畢廷珪魏定国朱仝雷横盛本索超戴宗共十員將引一千馬軍同往回雁峯晋王兵一丈青統軍三千守住金烏嶺宋江分兵三路去打蘇林嶺第一路前部引兵五千大將十二員秦明李應柴進黄信歐鵬凌振白勝樂和楊林燕順

元仲良忠烈不降宋

穆春第二路撥兵一万大將二十四員盧元帥刘唐徐寧魯智深武松韓滔彭玘[illegible]楊春金大堅郑天寿杜興孔明孔亮鄒淵鄒潤朱富朱貴石勇李雲李立时迁第三路[illegible]大將三十七員宋元帥公孫勝呂方郭盛周通肖正薛永朱清陶宗旺蔡福[illegible]

宋將不殺忠臣仲元

李逵石秀蕭讓裴宣突進安道全李衮馬麟將敬湯隆郁保四王定六孫新顧大嫂孫二娘段景住樂青分兵已了秦明引前隊軍望蘇林嶺來扎寨小校飛報上嶺乃是脫招元帥守把部下有大將孫共池方貢士隆怀英鄂全忠亨祥兼清申屠礼姬宗器于茂洪資司存李吉又有軍師喬

關勝二人回見宋江

道清等共一十六員領兵七万屯扎嶺上听知宋兵來到脫元帥令孫安池方貢士隆点五千精兵下嶺排開陣勢秦明舞棍迎敵鬥上幾合楊林來攻池方接住楊林廝杀歐鵬又正秦明使棍一拨打上戰楊林被池方一鎗捌中左腿撞下馬來穆春穆弘死救未回陣嶺上軍師喬道清望見口念神咒只見陰雲四起霹雳响処狂風大作天昏地黑宋兵各不相見四下乱窜杀至半夜方見雲收雨散風靜月明众夥迷路引敗殘兵馬在草堆上坐遠遠听得人馬之声秦明急上馬大叫來者何人柴進黃信李应認得秦明声音問曰救得楊林否皆曰失敬不知黃信曰我們且去尋楊林众將引三五十騎杀開而走只見燕順白勝扶楊林來黃信便問如何白勝曰雷橫穆春凌振樂和被捉去了內中又不見歐鵬折軍大半众皆大哭至辰牌时分小校報曰歐鵬捉得池方到此問不知何処地名有認得者曰此是積雪岩六月炎天尚有雪積在此処窩白虎嶺不遠柴進曰池將軍何不背暗投明池方曰願隨部下只是小人有老小在嶺上脫招若知此事必然杀害秦明曰這个容易待宋元帥到郎使人去取正說之間小校報曰盧元帥到众人接入秦明說被擒去四將折兵一事盧俊义曰何等之將如此利害柴進曰和他交戰忽然

風雷四起雲雨漫天鬧裡被擒楊林中傷扑上[illegible]人來問消息池方來見盧元帥問曰你知是誰捉我兄弟池方曰被軍師喬道清遣天王擒在白虎嶺迷魂洞中不食自飽如醉一般決不杀害只是不得出來盧俊义曰如何救得池方曰烏利

池方拜別上馬登程

国旧有一女喚作瓊英郡主能飛石打將百發百中年二十四尚有万夫不当之勇尚未嫁人發下誓願若有一般飛石的便招為婿今把守白虎嶺因此难救小人願隨元帥鞭鐙小人搬了老小再來投拜未知允否俊义曰大丈夫作事有何疑哉來与不來在你与他酒食池方作别上馬自去俊义軍馬扎住嶺下宋江同众將都到俊义接着把上項一一說了宋江見說失了四人好生煩惱吳用曰既有這个机会待生清去回雁寨回來計議成矣話分兩頭却說關勝同众將來到回雁寨屯住軍馬对寇本曰你与众人在寨中我独自上山去看他虛实若是故人不必說若不是故人我就投伏他在他寨內見景生情好歹要拿他來計議已定別众上山把門軍士問曰你是何人逕到此間關勝曰煩你拜票大王有蒲東故人來訪軍士隨即上報閣外一人手提掩風大刀騎赤兎馬說是蒲東故人要見大王唐斌思忖不知是何故人請他來相会小校下來請關勝直到廳上唐斌出迎却是關勝連忙下拜曰故人何別來无恙聞知足下在梁山泊因甚到此便教三个兄弟相見了教置酒慇懃相待關勝曰小弟上梁山泊宋王乃是山東及时雨宋公明义氣深重共聚頭目一百單八人情如骨肉恩若股肱後來宋天子三番降詔招安我

唐斌開筵宴関勝寺

寺奉詔征討大遼一鼓而收回朝受元帥之職今又奉聖旨前来征田虎經过此処聞知仁兄在此特来相投望仁兄念平日渞交之情煩指路徑幸勿推卻唐斌曰仁兄分上豈敢辭勞要和我兄弟商議文仲容曰哥〻是山寨之主任从主張誰敢不从関勝曰若得仁兄應允去後若成大功宋元帥必当保奏天子必封重爵决无虛謬唐斌大喜曰当以效力分付殺牛宰馬整備筵席款待関勝酒至半酣関勝起身曰実不敢瞞仁兄我同十个兄弟欲取白虎領有新降將說起仁兄因此特來相望伏乞取众兄弟上山同赴華筵仁兄意下何如唐斌即教雀埜下山相請花栄等逕入寨中唐斌接入众兄弟分宾主而坐是日寨中欢飲相劝尽醉方歇次日唐斌收拾寨中積下糧草都装上車將金艮賞勞三軍放火焚了山寨囬了囘雁峯逕來宋寨报知宋元帥急請入寨関勝等引唐斌兄弟相見众皆禮畢宋江教設席將酒來劝唐斌曰小人因鬪了蒲東欲投大寨避難恨无門路得見苟顔不得已來此南遇文仲容兄弟一見如故議小人为山寨之主今得故人関兄相招如渇得漿棄邪归正願施犬馬之勞宋江大喜唐斌四人皆拜宋江为兄殺牛宰馬慶賀一面寫表令戴宗囬朝奏請封新降將官職另修書一封与宿太尉知会却說池方來到蘇林嶺來見脫元帥只說被捉逃囬过数日池方貪夜將老小物件上車令部將軍士護送先行池方乘馬逕投宋江大寨宋江大喜致酒款待令朱仝雷横与池方送老小往金烏嶺交付与扈三娘看管這脫元帥有人报知池方挈家去了不知去向脫招大怒急点五百驍騎覺

宋江課卜令張清行

祥养清申屠礼姬宗器追赶直抵宋寨宋江差関勝千軍追殺党祥回馬迎敵鬪到三十余合被関勝一刀斬馬下花栄和姬宗器鬪二十余合被姓清一石子打中左眼而死申屠礼見折了二將慌忙奔走呼延灼活捉养清花栄收兵回寨呼延灼觧养清到寨跪下宋江問曰你肯降否养清曰願降宋江置酒相待飲酒間宋江忽思穆弘等被陷潸然泪下曰四个兄弟被擒无計可救养清曰此四人陷在白虎嶺迷魂洞守関將烏利得妾有一女能飛石打人有万夫不当之勇発願若有对手便招为夫今元帥陣中有一个少年將軍能飛石打人不若假做投降招贅与他为夫那时可救宋江曰兄弟在陣連打他数將恐他知意不当穩便养清曰他知此消息必來迎敵因未知不來吾若引這將軍去必成大事宋江心疑姓清曰洪擠奔去救這四个弟兄宋江便取玄女課卜得大吉之兆宋江方令二人連夜而行二人到白虎嶺関下叫曰我是蘇林嶺脫元帥手下人領將令教我引一个飛石將來守関小校报知烏利国旧欢喜忙教開関养清引姓清直到寨中拜見国旧問曰將軍高姓何名姓清曰小將山東人氏姓姓名清自幼李游些武藝欲在魏州投亲經过蘇林嶺遇見养將軍被宋將捉住小將不平取石連打二十余將救得养兄脫元帥教来伏侍国旧烏和得安大喜即喚女兒分付曰此人是你前生姻緣善使飛石的瓊英曰要与他比势方信是真父曰太姓清曰吾石者必死倘或傷命如之奈何国旧教取軟温泥彈为石便教二人比势姓清使白梨花鎗瓊

英用双刀女子見㽵清一表人物心中欢喜拍馬搶到㽵心有詩为証

女将瓊英發誓时
当場比試見高低
不是㽵清身手段
姻緣怎結百年斉

張清與郡王共成親

㽵清与瓊英比試閗上二十合㽵清勒馬便走女子拍馬赶追㽵清取个凝泥丸打着女子護心鏡上女子叫曰不要比了㽵將軍可下馬卸甲国旧喜曰既是对手可招为婿㽵清拜曰小將乃山野鄙夫焉敢与郡王成婚瓊英曰妾从幼発下誓願要嫁对手今日將軍是妾对手且勿相棄願結百年諧老紊清曰這段姻緣亦非偶尓小人为媒將軍勿却㽵清回承国旧設席二人成亲拜謝国旧国旧曰你同吾女守白虎嶺迷魂洞見拿宋江四將在内早晚宋兵临關准備迎敵㽵清領命瓊英成亲一月不能救四將㽵清与妻曰聞説迷魂洞会迷人如何看得妻曰要去看时這白虎嶺城西十里有妙覔大仙廟有口泉水人飲此水入洞不迷清曰今宋江領兵三十万大兵来征此処你這裏両次損將如之奈何妻曰丈夫不知田虎乃草頭之王焉能敵大宋妾父姊妹分上只得順逆此処戰將多有㕥妖作法与你且守此城再过数日看他如何又作計㧞瓊英次日使小校往城西廟取水各飲一盞乘馬将小校同到迷魂洞口將鎖匙開了洞門見一道黑気冲云㽵清吃口水一噴黑氣自散入到三重門内見穆弘等拖膝而坐清曰此水救得麽妻曰除是喬道清法水可救清又曰久不食会死麽妻曰如睡中一年也不死看罷復鎖洞門上馬而回㽵清喚紊清分付如此如此紊清理会去了正是乱邦將廢臣欺王上国当㕥势若齏

且听下回分解

新刻水滸傳

張清大婦交迷魂洞

○第八十七回

公孫勝再訪罗真人
毀刹偷智伏喬道清

万古交駹水似傾
滔滔名利足亡身
常疑好事成虚事
却想閒人是真人
老逐少来終不了
辱踏黄梁後定須均
劝君莫去論頭角
梦裡相逢總不真

紊清領命来辞国旧国旧置酒餞行紊清回到宋寨对宋江曰㽵清事已成矣尚不能救得四人宋江曰奈何清曰不若先打蘇林嶺後打白虎嶺這蘇林嶺西有一條小路逕到大寨後其路將石壘断我只做逃回説宋兵从後来取嶺我却引兵守把却得一人在關下來暗約为号度上關来取吉天雷炮从關下放起火来我便打開小門可令敢勇步軍杀入去捉喬道清方纔救得此四人宋江大喜曰此計甚妙即喚池方曰小路汝熟可去助戰方曰願往即引王定六將敬并步軍三千去了宋江再令时迁帯火炮先去小路等候一面撥將一十四員引步軍三千去打小路魯智深李逵武松雷横李袞解珍解宝陶宗旺㽵青孫二娘刘唐朱仝郁保四段景住又令関勝接应將佐二十四員引馬軍三万去打蘇林嶺盧俊义公孫勝吳用秦明花荣呼延灼李应楊雄董平史進徐寧楊志関勝黄信馬麟周通楊春孔明孔亮孫立孫新顧大嫂鄒淵鄒潤分撥已定其余將佐和元帥守寨且説紊清回到關下大叫開門關上見是紊清单騎独馬回来連忙開關放入来見晁元帥告曰小

公孫勝喬道清作法

將一時被擒今得逃回今有池方引兵来打山後石門清迯来报知乞祈前邪脫元帥即令姜清部軍守把後關却說盧俊义引兵打前關吳用曰喬道清有妖法今日一清兄弟可使天心正法不可有失俊义却令董平引軍五千嶺下廝戰脫招大怒引軍下關排開陣势南陣董平両馬脫招大罵挺鎗直取董平戰三十合不分勝敗花榮拈弓搭箭射死脫招喬道清便舞双刀直取董平々々復鎗来迎公孫勝取劍作法唱一声只見明雲四起雷声大吼喬道清笑曰你用妖法偏我不会亦口中念呪仗劍四面一指只見雲收霧捲風靜雷息公孫勝又步罡斗閱召五雷天十七圣神將引天兵从空杀来道清一呼亦有天神乗雲駕霧空中大戰並无高下両边各自收兵道清与众將回寨忽报山後火起原来时廷在石門外放轟天炮姜清就把石門砍開大縱軍馬入關姜清叫曰軍士順者生逆者死众皆頓隨宋軍杀奔上山姜清曰众將不可輕敵喬道清的法非同小可李逵不听引五百牌手横搶上山道清急引众將上馬正遇李逵道清吹一口気来人人皆倒李逵李衮五百牌手都被活捉众不能救俱走下山喬道清將所捉之人監收分撥軍將緊守前後關口却說吳用和公孫勝收兵回寨忽报李逵李衮并五百牌手俱被擒捉吳用曰如之奈何一清曰除非去問吾师罗真人求法方可勝他只是路遠若得戴宗和他作法去一二日可到盧俊义令史進到宋寨中將前項破關被擒之事說知宋江大驚曰似此奈何史進曰令一清要往問罗真人求法奈路遠不能前去令我来問戴宗同否正說間小校报戴宗

頭領回宋江忙教喚入戴宗相見曰哥哥宿太尉奉保众將皆得指揮之戚又蒙空頭誥一百炷来戴宗附耳低言如此如此宋江会意曰一清与喬道清比法不勝要你同去罗真人処求法夫弟意下何如宗曰願往即辭宋江同史進到盧元帥寨相見一清与戴宗作起神行法不数日到

史進到宋江寨訴情

二仙山見罗真人二人下拜告曰弟子自从与兄長叅謁师父回京之後要辭宋公明不想朝廷又命征伐軍情緊急不允告辭有失师信恕违法旨之罪真人曰你今同来有甚話說公孫勝再拜告曰弟子随征田虎遇敵喬道清法術甚高不能取勝今不遠千里而来告求救妙法真人曰喬道清他与我一同學道法因他破戒逊在江湖今助田虎他的法和我一般你施五雷之法他也会收虽有天兵只是紙剪的可以破得还有迷魂法亦甚高人不能破此人和我最好我教你一宗天心正法可以勝他我修書一封与你招安他他若不从便用此法可用醋一碗仗劍步罡念呪七遍將赤豆一升用醋浸了迎敵之際你望空將豆撒去粒々成火燒散天兵他若敗走可使勇士活捉不可杀害一清曰師父再有何法旨真人曰只是如此々々你後往淮西要从東鶯山过有一独火鬼王神通廣大凡人难敵一清曰用撒豆为火退得他麼真人曰他半酒神得燒他不着若得三昧真火可以敵之一清曰三昧真火如何可得真人曰山西地面有座清凉山过去有一座馬耳山山上有座華光庙要去此處求他可破一清曰他是泥神如何求得真人曰我与你一道符命閞請火老纏身火鴉相隨腳踏風輪頭戴火輪左执金磚右执金鎗此人

公孫勝再訪罗真人

可破独火兒王公孫勝拜受卽同戴宗辭別真人下山有詩為証

妙訣真言不易傳　当时一語透玄関
慇懃記取的胸臆　此去成功馬耳山

一清同戴宗回家老母曰吾兒小心收伏蛮夷早回伏侍老身一清拜辭母亲和戴宗作起神法法数日回到大寨参見將前事告訴宋江大喜二人辭了来到盧俊义寨相見單盧元帥問曰先生求得法否一清曰原来喬道清是我師父同学道的師弟將書一封招安他他若不從和他决戰活捉他来不可殺害如无此人衆弟兄难救元帥传令不許殺害喬道清只要活捉人报孫安搦戰盧俊义挺鎗来迎閗上五十合不分勝敗花荣見盧俊义戰孫安不下拈弓搭箭射中孫安頭盔孫安大驚被俊义趕过双刀对胸揪住孫安撇了刀也揪住俊义二人扭做一團被徐寧勾鎌鎗拖番馬脚鄧金忠輪刀出馬接住徐寧斷杀楊志和俊义活捉孫安綁投宋江大寨孫琪見兄被捉与喬道清齊出來攻徐寧関勝便縱馬舞刀迎敵両下大戰鄧金忠被徐寧活捉孫琪被関勝一刀砍为两段喬道清出陣一清見到下馬便拜告曰師叔休罪小道有書上達道清恐是計不敢下馬便曰請起有何書一清曰薊州二仙山罗真人有書奉達吾是罗真人徒弟道清曰我別罗師兄年久如何知吾在此一清曰觀書便知道清恐有毒在書中便曰你讀与我听公孫勝讀曰

忝兄罗澄書奉師弟道清真人座前未覩右鮑徒切思㬱適吾患徒一清随宋公明奉詔征田虎求法于吾詢知左右我大宋天子圣慈美弟何不归順乃屈身于匪人深可耻也敬修寸楮上達乞裁答

公孫勝書達喬道清

道清听罢教取書来曰賢侄既有師兄書到本欲進依奈君恩难忘你可回去來日决戰一清笑曰陣上与師叔争鋒皆为君事倘有唐突切勿見罪各收兵回寨次日大戰孫立打扮出陣但見

幞頭黄真气昂ヒ手执鋼鞭孰敢当怒目睜開神鬼惧咒心發起魅魑降馬
蹄到处狼烟息旌旗来时寇虜亡渾似趙公明在世天兵随从出丹房

孫立出陣大叫曰賊道吾乃趙玄壇欽奉天差問你背逆之罪快出投降小校报知喬道清領將十員披掛出陣但見

英容冠頂用金箍　羽扇翩ヒ拂玉鬚　三尺龙泉生杀气
一身素体立心胸　使令鬼神如使僕　爱惜軍兵勝子孫
大宋將軍应有分　綸巾羽扇入金門

喬道清出陣見孫立笑曰汝为大軍始从吾正法何敢冒犯孫立曰吾奉天命勅特来問罪尚不知死言罷提鞭直取喬道清戰到三十合不分勝敗一清大怒喝曰汝將何在須刻天兵从空而下喬道清見了亦念法咒天兵从空大戰一清取出咒法㦲豆望北一撒烈火滿天他兵皆成紙灰喬道清見了便走入関堅閉不出宋江收兵且說道清在白虎縂和郡王每日飲酒取樂忽一日丈人染病法清暗忖曰不如乘势結果了他好

烏利国旧吃藥身亡

与医士商議如此而行医士曰将軍之命有何不可只恐事洩怯清曰有我主怯不妨少刻看脈只說难治待我来逼你下藥先說定了那郡王出来請医士入去看脈怯清引進看了脈息医士告曰此病不能治怯清曰望先生調理便教郡王取良五十両作開𦀿錢医士坚意不受郡王曰便死也不愁你事医士見說方肯下了慢藥辭去過幾日烏利国舅尽郡痛哭怯清曰夫妻休哭且埋大事怯清即備棺槨收殮即令人去請喬道清主行醮事却說喬道清在寨中納悶小校报曰白虎嶺烏利国旧身死請軍师作醮喬道清大驚分付众将坚守營寨不要出戰即与从人来到白虎嶺寨中見了郡王說与一清比法交戰之事他有天兵助戰不能取勝郡王曰軍师且作大醮又作商議做了七日七夜功果安葬已畢道清即問郡王借兵二万防備蘇林嶺郡王曰法师先行我随後発兵来喬道清自去怯清対郡王曰如今岳父已亡宋兵勢大不若挈兵一同归順大宋且宋江乃是仁义之士不知夫妻意下如何郡王应允即喚众将分付了怯清曰若得法师同去必有功劳郡王曰我同領兵去蘇林嶺見喬法师与他商議又作理会随即引兵投蘇林嶺来众将接入寨中郡王分付曰今有一事与你众位商議我思田虎乃草頭之君大宋皇帝真命之主我要棄暗投明願去者同往不願去者各回寧家众将皆曰願从郡王之命郡王大喜怯清又曰我欲喬軍师同去不知他意如何山士奇等曰他若不从就縛他去作進見之功郡王教設宴令人去請喬道清来見郡王当日即同众将飲酒郡王曰特来計議今要归順大宋

不知軍师意下如何喬道清尋思曰田虎又是他親妹尚且背棄我不如归順得个全生便曰小道亦听郡王之命怯清曰何不先捉擒来宋将以作進身之礼喬道清即与怯清到山後看时李逵李衮如醉人一般怯清曰可先救這一夥人去道清教解了縛索取水一碗兜了望众人一噴

宋江置酒欵待二将

人人都醒李逵開眼見了怯清曰兄長如何到此怯清連忙閑争他李逵会意曰我眼花了認差人我只道是李大哥原来却是郡馬怯清曰我今欲引兵归順大宋如今救你們回去李逵曰若归順我大宋必当重用次日怯清使人到魯智深営裡报知投降之事智深大喜随即同蔡清来到嶺上怯清听知迎接入寨怯清故意問李逵曰這和尚是誰李逵曰便是花和尚魯智深怯清忙沓礼曰久聞师父大名不想今日相会魯智深忙沓礼曰郡馬若肯归順我哥〻小僧必当重保怯清設宴欵待众将一面使李逵报知盧俊义俊义便教安排隊伍迎接一面使人报知宋元帥却說怯清同郡王等离了蘇林嶺望宋元帥寨中而来有分教宋朝真主収一时宰輔良臣河北草君不半載身亡国滅且听下回分解

〇第八十八回 宋江兵会蘇林嶺 孫安大戰白虎関

白虎関前碧草荒　蘇林嶺樹影蒼茫　嘶風瘦馬横伙道　白日飢鳥下女墻
際会英雄功跡大　生擒智勇志鷹揚　宋朝历〻興亡事　野老犹能話旧鄉

說話怯清魯智深喬道清一起先到盧俊义大寨盧俊义接入大寨内众将都相見畢拔寨分兵

三路一同前来且說楊志解孫安鄧全忠二人到寨見宋江曰奉盧元帥令解与哥〻発落宋江令左右亲解其縛扶二人上帳坐曰將軍休罪我只教盧俊义亲請二位同扶宋室共滅田虎不想兄弟若冒犯虎軀望乞恕罪孫安曰深蒙元帥不殺之恩本欲拜伏只有老小在白虎嶺城中瓊英郡王知此消息老小难保宋江曰鄧將軍如何鄧全忠曰孫將軍既肯归順我亦願降同孫將軍取老小便来宋江置酒款待二將酒罢送孫鄧二人而宋只見李逵飛馬来見宋江下馬便拜曰今有葉清和瓊英郡王喬道清等引十数員戰將五万軍馬来投盧元帥捉去的人都已放回了特来报哥〻令人遠接宋江大喜教鼓樂引五百馬軍遠去迎接却說孫安来到中途遇見郡王下馬跪告曰小將不合失陷望乞赦罪郡王曰你可随我归順大宋孫安曰小人有老小在白虎嶺城中恐魏州知此消息必来占據郡王可速差人占住此関等宋兵来到城外令葉清大喜孫安去了且說葉清和瓊英女等众將来到宋江面前迎接瓊英等下拜曰妾等不識时势抗拒天兵今日情願投降伏乞元帥恕罪宋江忙扶起曰郡王等今日背暗投明实乃万幸宋江設宴款待众將宋江令葉清与郡王等引本部人馬另作一营自領人馬屯扎蘇林嶺等候孫安消息只見小校来报外面有一夥人牵羊担酒要来見元帥宋江令喚入其人拜伏帳前宋江扶起問曰足下是誰那人告曰小人是魏州小常村与蘇林嶺相近姓陳名旭生有六子事農为業聞知元帥来征河北小人无甚慇懃聊備羊酒菲礼献上奉敬望乞笑納宋江以为一片好心

宋江迎瓊英郡王到

令収一半卽回白金十两陳旭曰小人怎敢受元帥厚賜宋江曰以表吾心經過此地留作古記陳旭拜受宋江令置酒款待飲罢辞去有詩为証

羊酒殷勤慰慕情　往来人感宋公明
荒郊也有英良在　言語交歡意氣盈

宋江分兵打白虎嶺

宋江將陳旭羊酒分賜众將不在話下却說孫安到家將白虎嶺城中錢粮裝載上車將老小併長子孫岳保護先投蘇林嶺宋江那裏去了不想孫安已被他人俞眷路知連夜奔魏州首告田豹听知大怒卽遣秦英馮玘孟升鴆荒唐益引五千軍馬前去只說助他守関卻詐擒下我随後便来大將領軍前来白虎嶺小校来报孫安云関迎接曰啓上大王我想孫不該众散裝錢粮回魏州田豹大怒喝曰你這反国逆賊朝廷有何虧負你却擲錢粮去投大宋是何道理孫安曰小將並无此心田豹曰見有鄰人俞眷告你帶領老小都去投宋江大寨了田豹令左右拖將打將皮開肉綻因在牢裡却說孫岳帶老小到大寨参見宋江已畢忽报孫安被捉一事宋江大驚曰吾若不救失了我平生义气分兵五路打白虎嶺挑前部步軍牌手五百大將五員李逵李衮解珍解宝孫立第二隊馬軍一万大將十一員盧俊义葉清瓊英山士奇秦明花栄喬道清李应楊雄石秀盛本第三隊軍馬一万大將十六員魯智深武松孔明孔亮雷横朱仝朱富宋貴曹正施恩葉青孫二娘曹洪馮玘葉順第四隊軍馬三万大將二十四員関勝董平楊志徐寧索超史進歐鵬鄧飛唐斌文仲容乜恭崔埜山具路黃信孫立馬麟鄭天寿刘唐穆弘穆春燕順

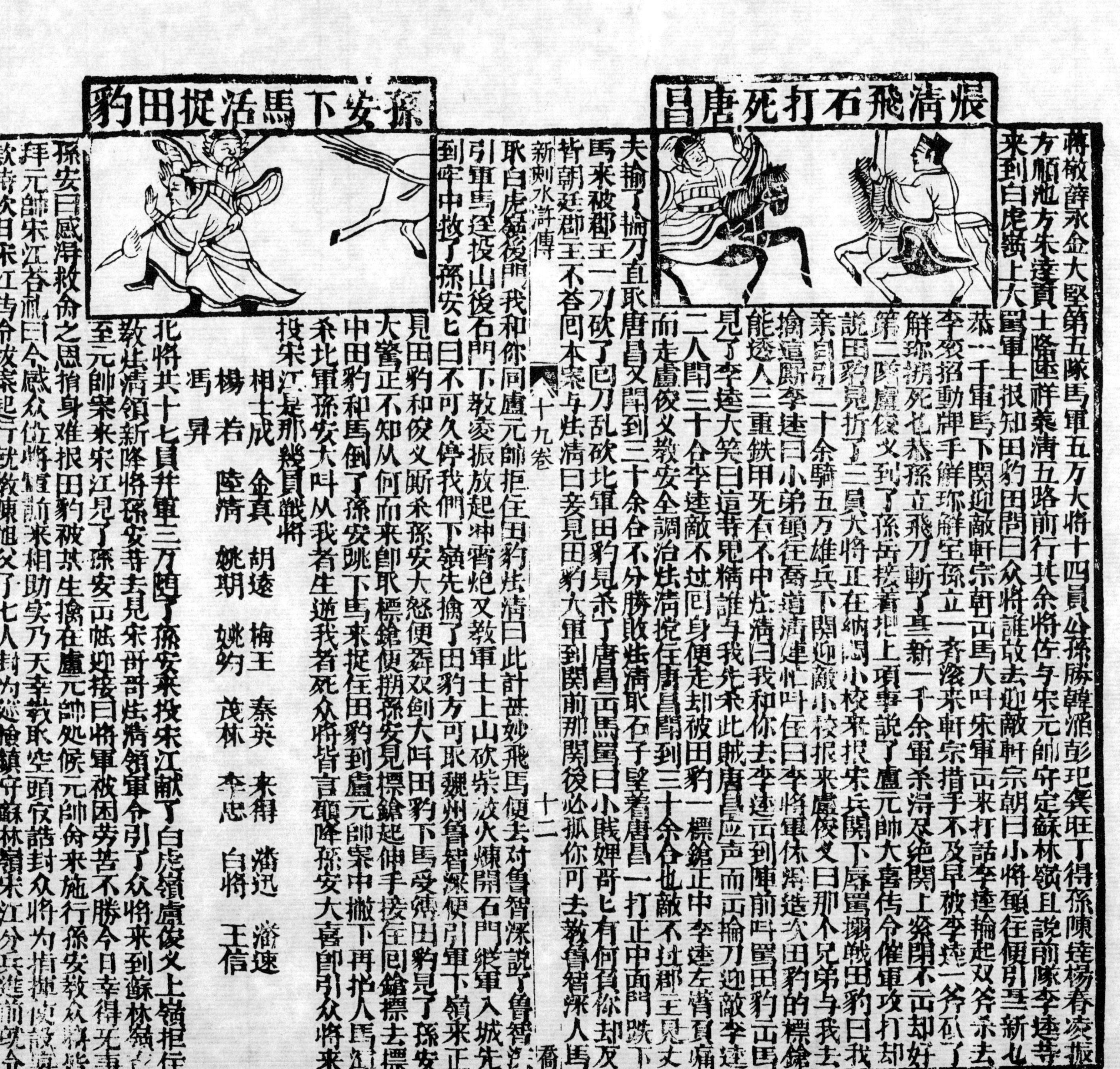

蔣敬薛永金大堅第五隊馬軍五万大將十四員公孫勝韓滔彭玘龔旺丁得孫陳達楊春凌振方順池方朱達貢士隆匯祥桑清五路前行其余將佐与宋元帥守定蘇林嶺且說前隊李逵等来到白虎嶺上大罵軍士報知田豹田問曰众將誰敢去迎敵軒宗朝曰小將願往便引軍一新乜恭一千軍馬下関迎敵軒宗朝出馬大叫宋軍出來打話李逵掄起双斧杀去李衮招動牌手鮮珎鮮宝孫立一斉滚来軒宗措手不及早被李逵一斧砍了鮮珎掛死乜恭孫立飛刀斬了其新一千余軍杀得尽絕関上緊閉不出却好第二隊盧俊义到了孫岳接着把上項事說了盧元帥大喜传令催軍攻打却說田豹見折了三員大將正在納悶小校来報宋兵関下辱罵搦戰田豹曰我親自引一十余騎五万雄兵下関迎敵小校报来盧俊义曰那个兄弟与我去擒這厮李逵曰小弟願往喬道清連忙叫住曰李將軍休將造次田豹的標鎗能透人三重鉄甲死在不中张清曰我和你去李逵出到陣前叫罵田豹出馬見了李逵大笑曰這等鬼精誰与我先杀此賊唐昌应声而出掄刀迎敵李逵二人鬥三十合李逵敵不过回身便走却被田豹一標鎗正中李逵左臂負痛而走盧俊义教安全調治张清捉住唐昌鬥到三十余合也敵不过郡王見丈夫掄了掄刀直取唐昌又鬥到三十余合不分勝敗张清取石子望着唐昌一打正中面門跌下馬来被郡王一刀砍了邑刀乱砍北軍田豹見杀了唐昌出馬罵曰小賤婢哥ㄝ有何負你却反背朝廷郡王不荅回本寨与张清曰妾見田豹大軍到関前那関後必孤你可去教魯智深人馬

新刻水滸傳　十九卷　十二　喬

取白虎嶺後門我和你同盧元帥拒住田豹张清曰此計甚妙飛馬便去对魯智深說了魯智深引軍馬逕投山後石門下教凌振放起冲霄炮又教軍士上山砍柴放火燒開石門縱軍入城先到庄中救了孫安ㄝ曰不可久停我們下嶺先擒了田豹方可取魏州魯智深便引軍下嶺来正見田豹和俊义厮杀孫安大怒便舞双劍大叫田豹下馬受縛田豹見了孫安大驚正不知从何而来即取標鎗便擲孫安見標鎗起伸手接住回鎗標去標中田豹和馬倒了孫安跳下馬来捉住田豹到盧元帥寨中撇下再抄人馬殺杀北軍孫安大叫从我者生逆我者死众將皆言願降孫安大喜即引众將来投宋江是那幾員戰將

相士成　金真　胡遠　梅王　秦英　来得　潘迅　潘速
楊若　陸清　姚期　姚約　茂林　李忠　白將　王信
馮昇

北將共十七員并軍三万随了孫安来投宋江獻了白虎嶺盧俊义上嶺拒住教张清領新降將孫安等去見宋哥哥张清領軍令引了众將来到蘇林嶺見至元帥寨來宋江見了孫安出帳迎接曰將軍被困勞苦不勝今日幸得至此孫安曰感得救命之恩捐身难报田豹被某生擒在盧元帥処候元帥令来施行孫安教众將皆拜元帥宋江荅禮曰今感众位將軍前来相助実乃天幸教取空頭宣誥封众將为指揮使設宴款待次日宋江传令拔寨起行就教陳旭父子七人封为巡檢鎮守蘇林嶺宋江分兵進前改令

瓊英緒田豹降大宋

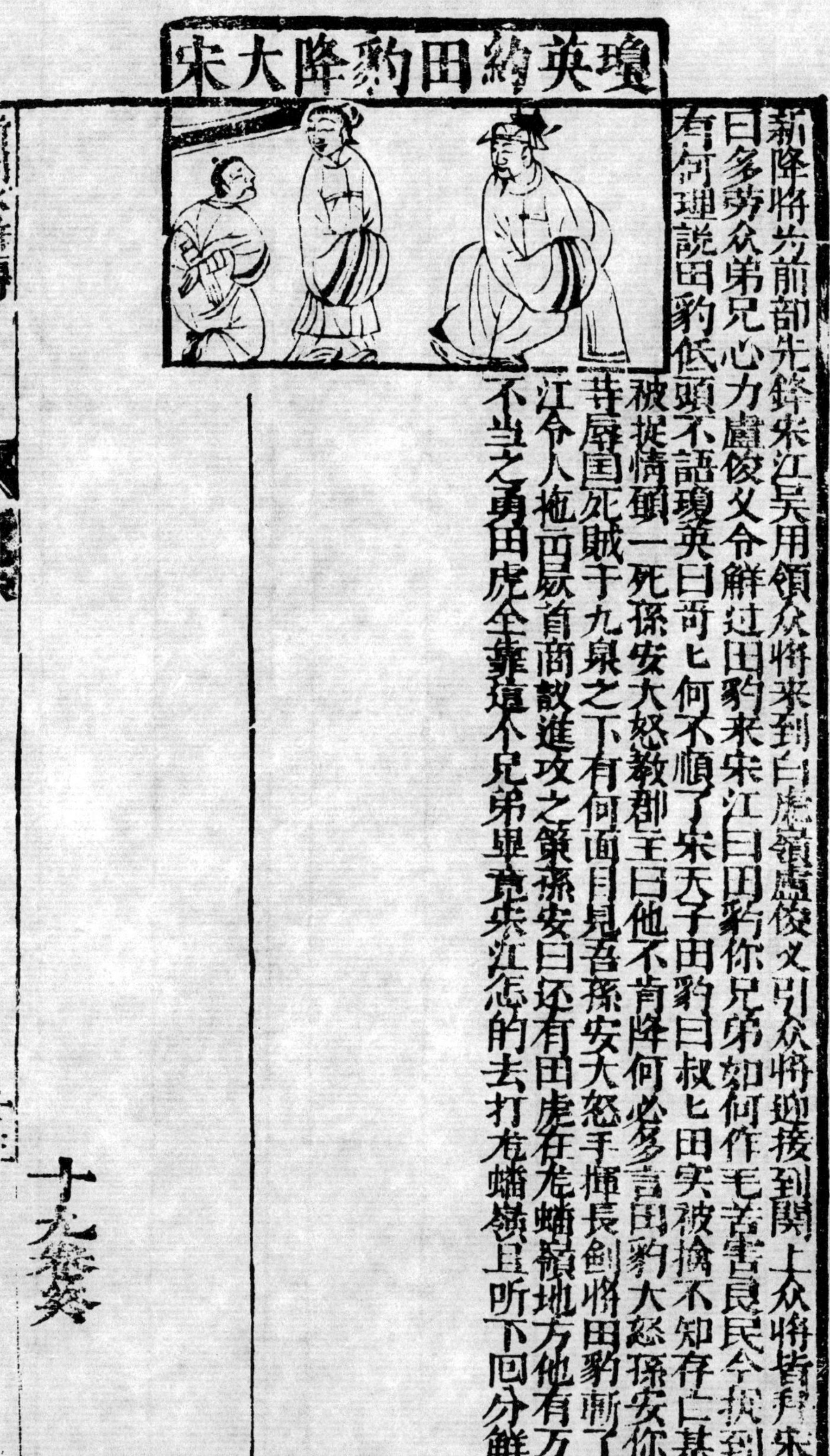

新降将共前部先鋒宋江吳用領众将來到白虎嶺盧俊义引众将迎接到関上众将皆拜宋江曰多劳众弟兄心力盧俊义令解过田豹來宋江曰田豹你兄弟如何作毛害良民今捉到此有何理説田豹低頭不語瓊英曰哥〻何不順了宋天子田豹曰叔〻田实被擒不知存亡其今被捉情願一死孫安大怒教都邑王曰他不肯降何必多言田豹大怒孫安你這寺辱国死賊于九泉之下有何面目見吾孫安大怒手揮長劍将田豹斬了宋江令人拖出梟首商議進攻之策孫安曰还有田虎在龙蟠嶺地方他有万夫不当之勇田虎全靠這个兄弟畢竟宋江怎的去打龙蟠嶺且听下回分解

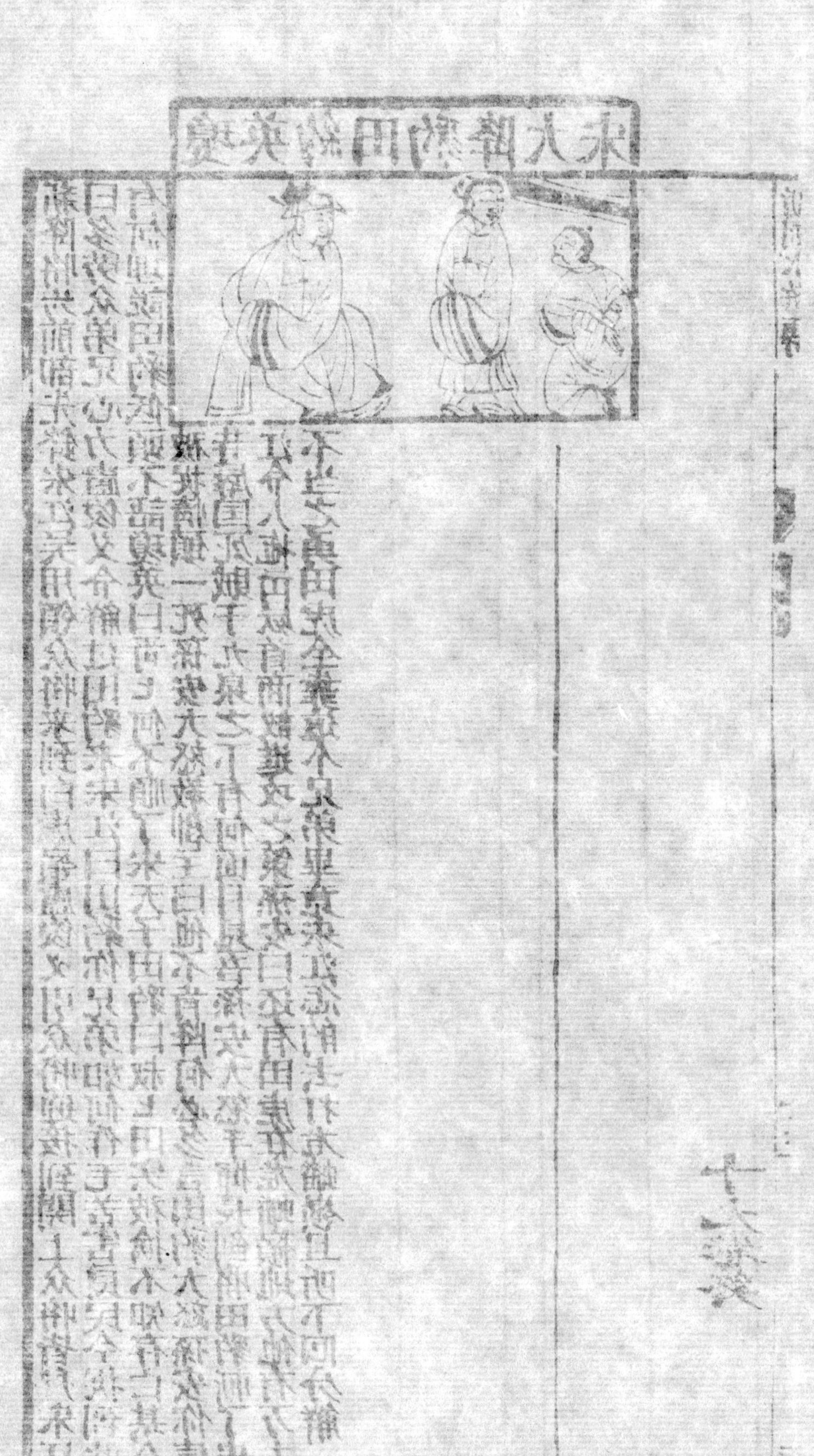

新刻全像忠義水滸全傳二十卷

孫安領軍馬攻魏州

第八十九回　魏州城宋江祭諸將　石羊關孫安擒勇王

善弄重奇謀　英雄一鼓收　刀声昏日慘　兜鍪暮雲愁
勝氣離南寨　威風抵魏州　堪傷遭陷將　徒爾覓封侯

話說孫安對宋元帥曰小將自投帳下未有寸功今日願引本部衆兄弟去取魏州宋江大喜教孫安爲前部張清夫妻爲中軍關勝引唐斌四將爲後隊去取魏州孫安等辭了宋江引兵逕奔魏州離城五十里下寨孫安對張清曰魏州城有兵馬都監葛延樞密良仁同十個統制官屯軍十萬在内不可輕敵張清曰且將軍馬分屯两營准備交鋒却說魏州城軍馬監葛延統領七萬大兵樞密使良仁又有統制官十員各統兵一萬聞知宋江捉了田寔田豹因此防備宋軍只見探馬報道宋兵臨城良仁便遣鳳翔王遠引兵三千出城迎接鳳翔出馬孫安便令金真出迎大叫鳳將軍如何不識數鳳翔大怒挺鎗出戰二人戰上五合金真賣個破綻勒馬便走鳳翔趕來金真探取飛鎗摽去把鳳翔摽死馬下招動人馬混殺王遠又被瓊英殺死城上見兵敗堅閉城門五日不出統制官沙仲義曰其有一計四門掘下陷坑明日等他來搦戰詐敗佯走入城不要閉門他必驅兵入城教他都陷在坑内良仁曰此計大妙即令軍士掘下三丈深坑上用浮土虛蓋專待宋兵搦戰却說關勝

魏州城中陷死十將

兵到孫安接入關勝問曰將軍勝負如何孫安把殺鳳翔王遠告知關勝大喜即親自引兵出戰葛延開門引馮大本袁恭沙仲義出城兩軍對陣衆將厮殺不分勝敗金真梅玉見關勝戰葛延不下馬勝便出馬相助馮大本沙仲義撥馬便走金真瓊英楊老柳玉宗同李中淇孟昇陸清林茂宋江得這新降十將招動追趕入城連人帶馬都跌下陷坑去兩邊埋着鎗手盡行擲死在陷坑內一千軍馬不留一人回陣有詩歎曰

竭力舒忠氣勢吞　英雄到此亦堪怜　功勞未遂身先喪　千古英雄淚滿襟

却說前軍報知關勝關勝急回報與孫安孫安聞知大哭曰不想今日折了十將有何顏去見宋元帥瓊英郡主曰孫將軍等十人既順了大宋人爲國家出力死而無怨且商議打魏州報仇唐斌曰城中粮食不多可令人報與宋元帥知多着兵將四面圍城若得一將扮上城去就倉廒內放火燒了粮食不過三月教他絕粮而死關勝從之遂分兵四面圍攻城池却說城中沙仲義對良仁曰若得一人殺出投石羊山求救方可解圍正說之間忽報城外搦戰沙仲義曰可開門迎敵教一人捨命殺出重圍去求救葛延親身出陣令尤孟恭時鳳出城求救葛延正遇着關勝戰三十合不分勝敗時鳳使双刀砍將去文仲容輪大斧接住戰不數合文仲容一斧砍死時鳳葛延見殺了時鳳便走入城閉門不出關勝收兵回寨且說宋江在白虎嶺寨中只見小校引魏州軍士來見宋江報說孫將軍自引十員將打城陷死宋江听了大哭曰此十將只爲宋江而來今被陷死我自領兵攻打魏州與他報仇鄧戩撓

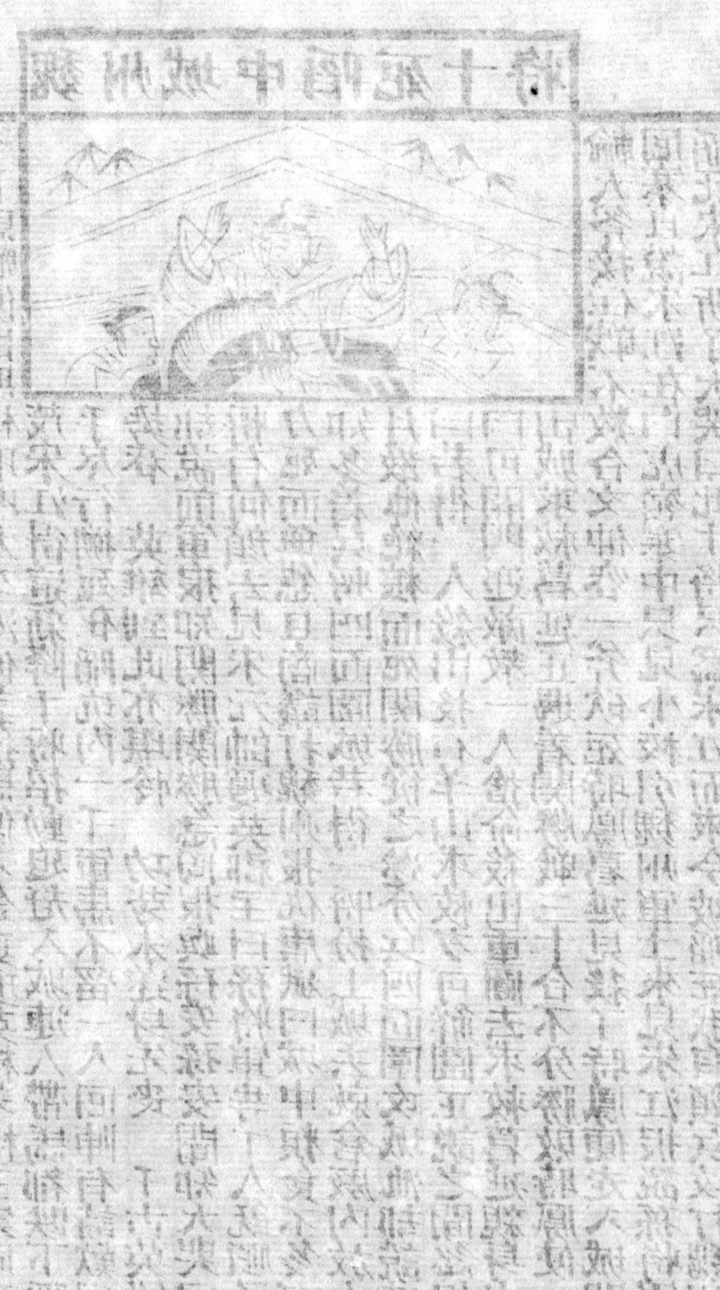

宋江分兵親打魏州

大小三軍七十餘員軍馬二十五萬連夜起兵餘下兵將守白虎寨先教戴宗去告知各寨都說關勝與唐斌商議攻魏州之計正說之間只見戴宗來到關勝接入戴宗曰即日哥哥親自攻打魏州將令小弟先來報知唐斌曰我有一計就此机會頭一隊并第二隊換了旗號只做石羊山太尉房玄慶救兵到我等縱兵四散他必乘勢開門追赶約會兩邊拒住填了陷坑入城戴宗曰此計甚妙別了衆將便去對宋元帥等說知此事宋江大喜便喚董平并後隊人馬引軍五萬大將一十八員旗號改作石羊山太尉認旗教董平等皆依北軍打扮前去却說關勝等四面攻城沙仲義对良仁曰只可堅守等救兵到方可出城迎敵沙仲義親上城來看守只見前面一隊軍馬塵埃而來看ㄈ至近只見孫安旗號不攻城四散而走沙仲義望見是太尉房玄慶旗號只道是石羊山救兵至即開四門分投殺出盧俊義分兵作北兵從東南路殺來董平從西北路殺來城內軍馬見關勝迎走只顧追殺早被董平奪了魏州董平盧俊義拒住西北二門教軍士堯土填坑不時刻就滿關勝傳令不要填南門內有十將尸首葛延方知中計宋江教圍捉葛延兵將令喬道清作法拒住河北十將都被捉綁了盧俊義傳令教坑內尋起十將尸首把棺木盛貯宋江入城州衙坐定衆軍押縛十將跪下關勝曰葛延英勇哥哥饒他一死收在部下宋江便問葛將軍你肯降否葛延曰生作田虎將死爲河北鬼願請快刀宋江不忍加誅十將齊曰命隨葛將同死不願降也吳用曰既不願降殺之以全其名遂令將十人取心肝祭被陷十將有詩爲証

指揮空逐魯陽戈　義士相憐怎奈何
千古精忠猶不泯　十人魂魄赴南柯

小校把葛延等剖取心肝宋江令備香燭令蕭讓作祭文親引諸將到南門擺下犧生將十將心肝掛在門框兩邊蕭讓手執祭文望空宣讀

宋江令斬士將獻祭

大宋正元帥宋江謹以牲儀并仇人心肝致祭舉義新降十將金眞等死忠之魂曰嗚呼天生豪杰忠肝性成胡爲遭奸陷穽灵魂仇人心肝剖取致奠以復明冤以慰屈河北平定班師申奏朱友子孫應受官誥灵其有知來格來歆尚饗

蕭讓讀畢宋江放声大哭曰汝等指望榮妻顯祖不想今日死于非命乃宋江之罪也孫安等衆皆勸曰爲國盡忠死亦何悔請元帥且省煩惱商議行堅之策宋江止淚有詩爲証

舉義來歸義氣深　天生豪杰遇知音
轅門失計遭亡命　致發悲哀表寸心

當曰宋江令裴宣標寫唐斌功令設宴與衆兄弟飲酒宋江議打石羊山孫安曰小弟願引兵前去宋江便令裴宣點兵三萬大將一十員分爲四路起行第一撥孫安孫昂相士成胡遠解珍第二撥秦明花榮董平曰玉潘迅第三撥孫立時遷姚期姚納滿江第四撥喬道清張清瓊英盛本韓清四路各引兵五千投石羊山進發小校探知報與主將房玄慶急引大將十員兵二萬離關下寨迎敵孫安大叫房太尉今田虎氣數已短房玄慶大罵反賊國家有何負你遂擬鎗直取孫安二人鬥三十餘合不分勝負解珍便

孫安活捉守將玄度

舞鋼叉直取玄度玄度努力戰二人全無懼怯被解珍一叉正中馬腿上把玄度掀下馬來被孫安活捉住正回馬間只見花榮秦明中隊後隊人馬都到衆皆相見孫安曰可乘此勢進兵直抵石羊山殺入關內衆將皆知孫安手段不敢拒敵衆皆倒戈投降孫安上關屯住令人請秦明等衆將到石羊山設席賞勞英等勸房玄度投降玄度自願降衆將皆喜孫安令解珍葉清二人到魏州來請宋江宋江便問曰羊山勝負何如二人曰石羊山守將房玄度已被孫安活捉降了三萬雄兵特來請哥哥宋江大喜即令解珍葉清先去報知隨後拔寨起兵畢竟孫安如何且听下回分解

○第九十回

盧俊義計攻獅子關　段景住暗認玉欄樓

英雄已失更何論　思淚空飛濕帝魂　狐兒幾年悲紫塞
琵琶萬里泣黃昏　西湖草木明春意　南極星辰動海門
誰念前朝輕社稷　怨歎惟有旧王孫

話說解珍葉清先回報與孫安傳令教孫岳胡遠相士成下關遠接宋江人馬入關坐定衆將叅拜已畢孫安引房玄度來見宋江撫慰已畢就令裴宣取過空頭官誥與受都指揮之職即教排筵賀喜次日商議起兵打獅子嶺孫安曰小弟願往喬道清曰關內是田虎妻舅何彥呈守把他有九個兒子號爲九龍又有教師汝廷器領兵五萬守住關口力不可敵須用智取方可成功宋江遂依其議教裴宣分撥兵將第一撥孫安胡延灼鄒淵鄒潤于茂第二撥吳用吉鱗柴進石勇申屠祇第三撥公孫勝喬道清一清戴宗時遷三路各引兵一萬別了宋元帥獅子嶺來有詩爲証

衆將同議打獅子嶺

車轔轔　馬蕭蕭
兄弟執盃來勸酒
征入日前懸在腰　仁兄義弟遠相送　炮声直上于雲霄
一旛掩映飄揚檣　英雄盡有拔山力　道德皆能起石羊
三軍怒生虎狼威　二帥氣壓天地容　天罡地煞偶相同
奉君勅命征河北　河北遼乜二十州　關山落乜雲氣黑
新降英雄名孫安　膽氣衝乜壯刀時　智謀自出加亮翁
能使神號并鬼泣　君不見　東漢時　中興飛光智有餘
絜入材禁未必如　公孫勝　喬道清　天差仙翁助聖明
宋江本是天上星　契義紛乜衆弟兄　馬蹄到處狼烟息
殺氣總臨巢穴平　君不見　趙太祖　打下軍州四百座
身經七十有餘戰　英雄不似宋公明　出身史曰鄆城縣
殺盡天下奸與邪　此時方稱男兒頭

却說孫安領兵前到獅子嶺魏蘸屯住打探小校報此汝廷器延器對何彥呈商議將軍馬分作三路迎敵弟一撥何常何遠安仁美孔容秦廣弟二撥何春何昇何垒何定相森弟三撥汝廷器何樂何玉何班孫彥成三路各引兵一萬迎敵何常出馬吽呼延灼聞二十合何常力怯回馬便走安仁美挺鎗與呼延灼便鬪鄒淵搶住安仁美聞到三十餘合鄒淵敵他不過鄒潤便出馬來攻安仁美全無懼怯于茂輪斧砍去安仁美獨敵三個英

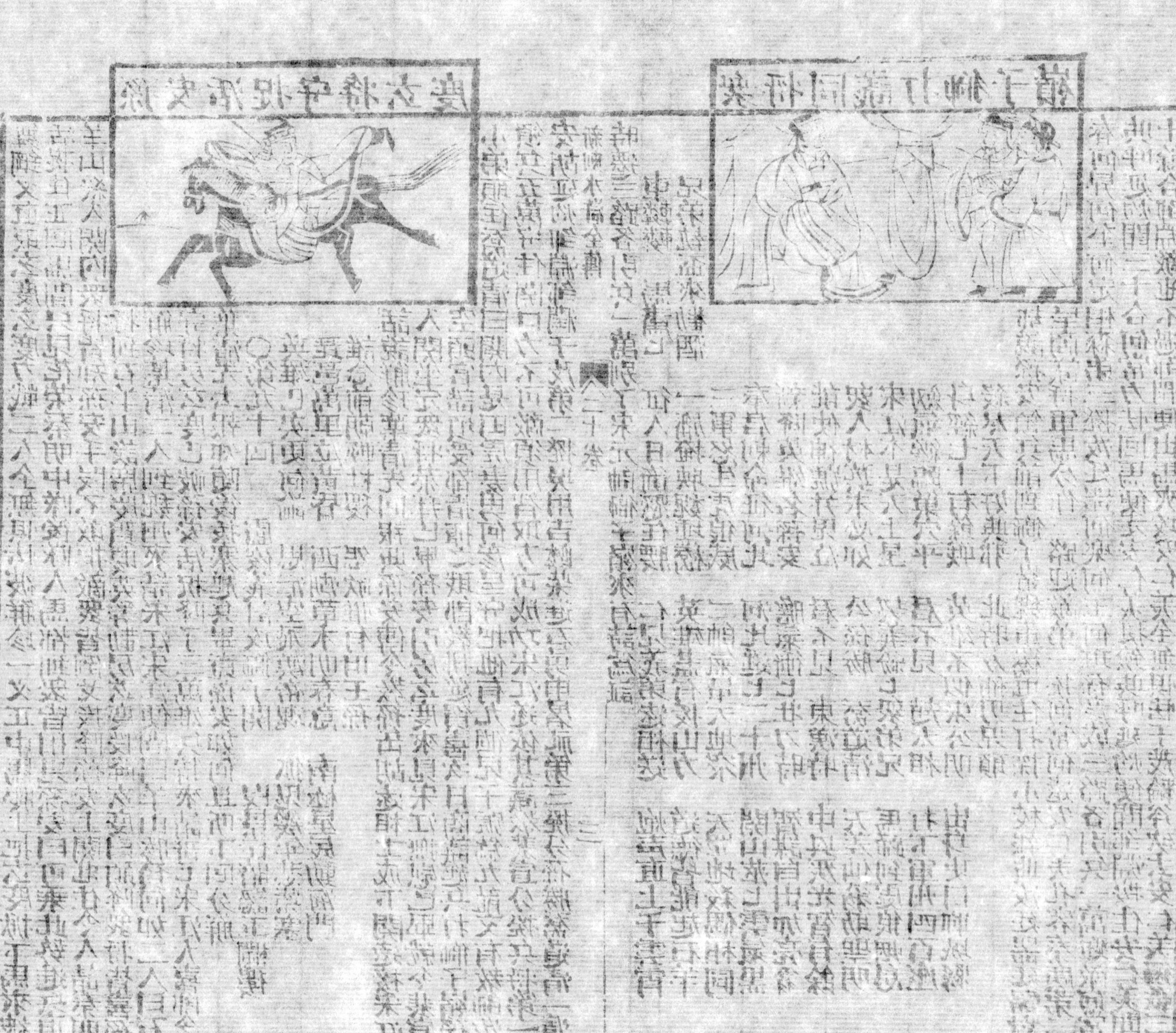

孫安與仁美大戰

用見了喝采急傳將令不許殺傷有能生擒者重賞孫安曰重賞之下必有勇夫手提雙劍直取安仁大回馬便走被孫安一劍砍番戰馬被呼延灼活捉來見吳用親解其縛扶上下何安仁美供于煥曰熟能服將乞求快死孫安曰歸順宋朝必有重用不知尊意何如安仁美被孫安勸了只得順從吳用大喜即與衆將商議打城呼延灼曰小弟願與孫將軍前去吳用從之次日呼延灼出陣與比將何遜戰三十合不分勝敗何常見兄戰他不下挺鎗出馬雙戰呼延灼孫安大怒伏劍筆常便揮何常撇過那劍力敵二將汝廷器見何常力怯拍馬輪刀迎敵孫安二人正是對手張清忙取石子望汝廷器面門便打正中腦頂上汝廷器大驚回身便走孫安拍馬[illegible]飛劍望空串撇下正中汝廷器左臂誰知他穿三重狻猊鎧甲劍不能透逃回營上去了何常被張清一石子打番復被于茂一斧砍死何遠見不是頭敵亦要領上走了兩边各自收兵且說田舅見折了長子悶悶不已況兼孔容奈廣苑于乱軍之中何曾大怒曰何弟冤仇如何不報次日何曾何珏二人引數員將出戰大怒殺吾兒者快出來償命言未了宋陣上于茂要見頭功縱馬輪斧砍來何曾大怒挺鎗迎敵鬪三十合于茂力怯張清取石子望何[illegible]何曾急躲却打在左脚上何曾回馬安仁美叫曰舍人何不歸降大宋今田虎氣絶數後何珏大怒用標鎗望安仁美前心一鎗正中左臂幸得孫安救回當日各自收兵且說何曾中了石子上嶺把關門閉了不出衆人無計上宿太尉道清曰軍師不要憂心小道畧施小法先打開關後取城子須用兵三千

汝廷器戰敗走回寨

賊鼓一千面火把一千個雷車一千輛皆要穿自直打關下左側高峻處擺列埋伏過了五日是十一月戊子可以施行一清先生你可披髮仗劍立于高埠處功起有風我自祈求雷雨須上你霹靂聲响雨住雷鳴運打關上無有不破吳用曰此計極妙正商議間忽一陣風過吳用曰今夜有人劫寨可作准備令呼延灼鄒淵鄒潤引兵于南寨埋伏于茂吉麟張清引兵于寨西埋伏申屠礼石勇将廷引兵于寨東埋伏孫安凌振戴宗引兵于寨北埋伏分撥已定吳用公孫勝宿道清明燭對坐談論兵法約至二更只見汝廷器何珏何玉何昇孫彦成柏森何春帶兵二千望東寨中直入見三人對坐談笑衆人喊声殺入早驚幸蹄捕鼓一聲炮响四面伏兵盡起火把齊明比兵大驚各自逃生汝廷器急回被暗中一箭正中左臂何昇被孫安活捉何玉被柏森挺鎗搠番敵此孫安孫安曰你是何人柏森曰小人是柏子身之子柏森孫安曰兄弟殺了何玉功勞不小引見吳用說知備細吳用曰既來投降當得接納等待天明衆將論功陞賞有詩為証

須知賊寇夜侵營　轅門伏下擒拿策
吳用兵機動鬼神　一陣功成顯姓名

却說汝廷器已中了計急引敗兵連夜上嶺點名不見柏森又折了何昇何玉國舅見說又折了二子甚痛傷悲汝廷器曰且閉關門不要出戰火速差人去龍蟠州求取救兵兩下夾攻可以報冤仇何彦早即差何案孫升成去借兵不在話下却說宿道清等到五日安排器具已備將大兵移西關邊高埠處埋伏黄昏左側公孫勝立在山頂披髮仗劍作法俄然

公孫一清仗劍作法

黑云四起戰鼓齊鳴只見半空中天兵四布東々大作領上守關軍士都唬呆了少刻都放雷炮亂打打得北軍各逃性命宋軍大刀闊斧砍開關門縱兵殺入殺得北軍七断八續望城内走去了此一回被喬道清奪了獅子嶺吳用入關屯住人馬填寫喬道清頭功設筵宴賀不在話下

却說宋江在白虎城忽然想起吳用領兵去打獅子嶺不知音信如何郎撥兵一萬大將二十四員令盧俊義部領前到獅子嶺打所勝負消息小校报知吳用孫安井一齊下嶺迎接盧帥帥上關坐定俊義問打獅子嶺之事如何吳用將前事說了商議要打獅子嶺城内何呈彥私宅郎令時迁解珍解宝連起行段景住曰小人當年盜馬曾入他内衍歇脩知路徑也去走一遭盧俊義曰汝時遷觀方便而行當下四人帶了放火藥物去了約會火起為號次日吳用分兵安排圍城南門張清瓊英文仲容崔野萬信鄧飛東門盧俊義鄒潤鄒淵于茂唐斌石勇西門孫安秦明花榮馬麟戴宗北門喬道清公孫勝呼延灼柴進李云凌振各門領兵二萬團々圍住似鐵桶一般再若魯智深武松朱仝雷横引兵五千在北門外打探往來救兵却說時迁從西嶺化石崴边從樹上扒入城去張看城上動静三更時分軍士皆熟睡了時迁把索頭放下度得三人上城入得城裡見當街一所新樓段景住曰這座名喚玉欄樓哥七放火為號外面通見時迁所了引三人悄悄扒去入家屋上藏了時迁扒到玉欄楼上四圍放起火來腰間拔出大斧望人家屋士便走各門軍士見城中火起都去救火解珍解宝段景住各取出利器先將各門砍開縱放軍

馬入城時迁先將西門放開放軍入城乱殺北軍何家父子尽被殺死只有何樂因取救兵不曾殺得汝廷器并諸將死于乱軍之中天色巳明吳用令人救滅火出榜安民取出府庫金銀給散失火之家有詩為證

兵威到此果何如　一火功成智力餘
促教田虎难交節　河北清平草寇誅

吳用議計戰取城内

却說何樂同孫彥成往龍蟠州报知蛮將守將卞祥當下為河北総兵之戎統大軍十萬戰將七十員領守龍蟠州見說何国舅被难連忙點起精兵五萬猛將一十二員前來救圍分兵兩隊前隊先鋒余呈方原任老于至則得有趙元起後隊長子卞江副將朱允江度計宣沈安仁樊玉明一同何樂孫彥成來到愚纏井小校报與余先鋒前面有宋江排列陣勢余呈也排成陣勢于鵝鬧山大斧出馬高叫宋將好々退兵稍遲殺尽不留小校报與魯智深智深出陣叫曰認得殺人花和尚麼余呈罵曰賊秃今來送死智深大怒輪起鉄禪杖直取余呈二人戰到五十餘合不分勝負楊林挺鎗直奔余呈卞江見了也出助戰各無輸嬴天晚兩下收兵回寨却說吳知深对衆人商議要去劫寨未知勝負何如且听下回分解

第九十一回　宋江襲奇朝大理　李逵靈境遇仙翁

九重奉命靖边城　赫々桓々出帝京　武略胸藏超异列　天才挺卓冠群英
懷凉夢寐逢真聖　恍惚從容遇显神　從此功成拜金闕　南方千載仰威名

智深大戰余呈先鋒

却說智深要去劫寨孫立曰不可兵法云臨鬭之後莫要劫寨到鬭之日不要攻城若待明日耳决一戰看他如何智深那里肯聽孫立只得隨智深引兵三千過愳纏井到北寨並無動靜孫立曰師父莫非有計麽智深不信殺入去時却是空寨智深方知是計急令後軍退時只見四間埋伏兵起圍裹將來孫立顧不得與智深望西而走朱仝雷横馮山盛本由屠祁盧元顗皆棄山殺出迎去智深力敵北軍迎走持身不見一個人影半夜到到愳纏井边此井三四丈濶八十丈深無水枯乾乃是北方一個神井智深因慌跌下井去又無一人得知至天明敗兵迎回報知中計衆人亂走不知下落楊林大驚急令軍人報知吳用軍師至日中見孫立朱仝雷横等都回只不見魯智深衆人正納悶小校報曰吳軍師到了衆人出接備說智深劫寨一事孫立劝朋不住今失陷不知存亡喬道清曰衆人休慌待我發一道檄去看他下落隨即排下香燭喬道清作法發了一道檄章前去不移時喬道清对衆人曰此人不死主有百日災难急不能勾脱身陷在龍潭虎窟之中且行文書去报宋元帥知会請他來作區處吳用卽令戴宗到石羊山寨來見宋江宋江問征戰之事戴宗將攻獅子嶺殺了何父子并智深劫寨失陷不知下落說了一遍宋江見說大哭曰可惜這個兄弟不知失陷在何處戴宗曰哥々休煩惱喬道清發檄說他不死只有百日災难急不能脫宋江便令拔寨起行分作三路前去跟尋魯智深下落第一路東行史進刘唐孔明孔亮第二路西行石秀蔡福蔡慶第三路北行李逵白勝鄭天寿宋江径自往愳纏井

孫立止魯智深劫寨

去來到獅子嶺接至大寨坐定衆人參見訖宋江便問魯智深有消息否柴進曰連日差人打听尋覔並無消息宋江憂悶吳用教排筵席來與哥々觧悶宋江那里有心飲酒是夜煩惱獨坐倚在桌上朦朧而睡彷彿見個緋袍金甲天神立在面前拱手稱星主大帝有命令我來請星主宋江聞是大帝勅命忙起身問曰大帝在那里天神曰只在咫尺之間你可隨我而行宋江在睡中不敢開眼只听得耳边風雨之声不多時天神曰星主已到宋江看見金釘朱戶如殿宇模樣入到弟三重門內見一尊聖帝左右金童玉女宋江拜伏在地听得左右叫王平身宋江起來大聖曰星主別來無恙命賜坐宋江曰臣乃凡夫安敢對坐大聖曰星主是上界罡星今統兵收捕河北勝負何如宋江曰敢告大聖今失魯智深不知生死如何大聖曰你兄弟魯智深陷在愳纏井内下有個仙洞乃天上罰緣星官在彼居住人皆有一百餘歲智深百日災滿自有見時宋江又問曰臣今收伏河北數員將士臣數內中恐有甚別意否大聖笑曰你此去得勝回朝後又有勅命差你收捕淮西千难萬难故此先差河北有勇之人恊助此數人是上界星宿喬道清是護法金童孫安是淮上九龍潭龍王瓊英女是上界六甲之女若無此三人如何收得淮西王慶吾言乃天机也切勿漏洩言訖道星主請回他日却得再会復令金甲力士送星主出殿門宋江上仙橋見滿池金魚遊戲可愛被金甲神一推々落池中有詩爲証

軍帳殘燈夜未安　宋江憂寐意情長
天堂有路通消息　指示分明頊不忘

宋江忽然驚醒乃是一夢看桌上殘燈尚明便與小校請軍師吳用圓夢吳用曰兄長秉性忠良神明点祐大聖之言必無謬矣即令人去井中打听方知虛寔宋江曰且等三路人馬回報便知分曉且說那一夜魯智深落在井中無路可出忽見井傍一穴走出一個老人來鬚眉皓白見了魯智深曰師父因何至此且到敝庄少待一茶智深想道必有人家即隨他入到穴中別是一天世界有詩為証

雞犬桑麻井市連　云霞掩映舍廬边
端然好界清幽世　別是乾坤一洞天

當下魯智深看時但見朱門碧戶大厦高梁那老人引到厅上分賓主坐定智深曰我是墜迷路之人望乞公公指引老人曰師父有百日之災且在庄上消停待寺日数完滿救你出去自此智深只在那里但飲食只是老人將來看七約有百日老人对智深曰師父災难已滿不日有人來尋自宜保重言訖化一陣清風去了智深驚訝不已便去閑玩一遭但見林木森七人烟接集另是一般天却說李逵史進石秀等一路軍馬回見宋江說尋了数日不見消息宋江曰我已知他下落如今陷在悲纏井無人救他出來李逵大笑曰我去救他宋江大喜即日起兵同到悲纏井來宋江守中軍孫安和盧俊義為後隊拔寨起兵早到井边扎下兩個大寨以防北軍宋江便令將竹簍用索子繫了立起般車李逵將十餘個銅鈴帶在索上把双斧插在腰間坐于竹簍內放將下去李逵扒出竹簍四下用手一摸不見動靜只見一個大穴露出些光亮李逵提斧約入百餘步見一所高屋甚是華麗李逵搶上厅去又

見桌上簽刻器皿只見智深在大青石上坐禪李逵曰哥〻為你大势人馬四路跟尋訪後來夢見神人說道你陷在井中着我下來尋你智深一見李逵大喜曰哥〻如此用心雖非骨肉勝過手足之親李逵把斧放在石上扶智深下來慌了手脚拿着禪杖便出厅前到穴口竹簍边扶智深在內李逵叫声呵也忘了板斧在石上哥〻先去我取板斧便來你千萬叫他放竹簍下來度我智深搖動鈴子上面盤將起來宋江見了魯智深曰兄弟受苦了三月今日得出不勝喜懼智拜謝曰勞煩哥〻救我性命殺身难報李逵送我到竹簍边失忘板斧他去取了回來可再放簍下去度他上來宋江急令放下簍半日不見動靜宋江叫曰救得一個起來又陷害了一個有詩為証

纔喜相逢又致憂　公明端為國家謀
將軍未觧边庭叩　義士如何志便酬

且說李逵再到旧處正取板斧在手只見一個大虫在那里搖頭擺尾李逵大怒這業畜輪起双斧砍去那大虫回身便走李逵赶過林子裡不見了大虫只見許多人在那里作耍李逵貪看閑耍忘了歸路心甚慌懼走回几步却見內有人家便去苦告曰小人是迷失路徑到此天晚权投一宿明日早去只見屋裡走出一人眉鬚皓白形貌蒼古見了李逵便請入裡面坐下李逵問曰公〻高姓這里是甚麼去處老人曰我這里與仙境隣名喚閑雞村只有兩姓龐老夫住處姓錢因避黃巢之乱移居在此居住不知經几多年数了李逵曰如今却是大宋道君皇帝天下我們奉勅征西田虎到此得遇仙翁乃平生之大幸也正說間只見一老媼點燈出來老丈便教安排夜

飯與李逵吃了飯就地上睡到天明老丈曰你可速回若稍遲延不得回矣便教一人引李逵前
來李逵拜謝老丈出到村口那人指教旧路李逵出到洞口坐在竹簍内揺動鈴子須臾宋江因
李逵不起來便屯下人馬在那里守着當日听得井内鈴子响急令人車將起來宋江見了大慇

李逵下井跟尋智深

罵曰你這七日在那里去來憂殺我也李逵將聞雞村景致說了一遍只宿一
夜怎的有七日宋江見說聞雞村想起夢中神不虗語郎收拾人馬回到縣用
大寨坐下說智深之事李逵聞雞村之景衆皆駭然宋江令設席與智深賀喜
却說余呈因見宋軍勢大不能抵敵前者余先鋒勝了兩陣夜來劫寨又中了
他計今宋江自領兵在懸纏井余先鋒與他任令小人來討救兵卞祥見說遂
領衆將數十員大兵十萬與沈安仁連夜前進却說宋江與衆人正商議欲打
龍蟠州小校報北軍不知多少盖地而來宋江曰卞詳引軍拒住此人不可輕
敵煩勞衆兄弟同心協力休失鋭氣喬道清起身告曰哥哥不必憂心貧道有
有退兵之策且听下回分解

○第九十一回　喬道　法迷五千兵　宋公明義釋十八將

將軍韜略濟時才　見說南行討賊來　麾下軍兵听號令
元戎授首如摧朽　群將來降似乞哀　明日表功應大賞
陣前戈甲動風雷
更聞人唱凱歌回

話說喬道清曰哥哥且與他先決一戰看小道畧施小法能降十万大兵宋江大喜便催軍排成

陣勢拒住喬道引五万軍馬退在懸纏井口也排成陣勢前後皆通如一條大路一般兩边是墻
衆軍暗地笑曰我們做了一世軍不曾見排這個陣又無門戸喬道清曰此陣名不可說到其間
臨事之際切不可動半步若動時連你們都迷到不能捉他只等我作起法來雷走雷鳴你們方

李逵悞入鬭鷄仙境

可下手逢一個縛一個陣勢排定了復來見宋江曰且與他戰數日佯敗而走
回一边來你們從陣中路徑過去等他赶來我自有法說罷去了且說卞祥出
陣大罵曰水洼草寇出馬打話宋江親自出馬與卞詳施礼曰將軍如此英雄
何不投順大宋卞祥應曰我非不識天時奈衆將不從要和大宋敵对傍有樊
玉明大怒挺鎗直取宋江董平接住戰五十合樊玉明力怯要走被董平一鎗
搠死北軍陣中昌化出馬與董平戰三十合亦被董平搠者魚得源大怒手揮
鉄鎗與董平交戰五六十合不分勝敗花榮出馬便開魚得源那馮翊看見便
出陣接住花榮兩对兒厮殺瓊英御主取石子在手早把馮翊打下馬來却被
花榮一鎗刺死魚得源又被花榮一箭射中護心鏡上吃了一驚望本陣便走
董平急追宋江急教鳴金收軍董平方回宋江喜曰今日連殺二將賊人已喪
胆矣令安排筵席相慶衆將次日秦明黄信董平出陣迎敵却說卞祥見折了
二將不出只見馬灵禀曰今日宋軍有來小將願與他軍对敵卞祥即點一万人馬相助馬灵披
掛手執方天戟馬灵臨陣之時額上現出一隻眼來綽號小華光其中若開箭石不能中亦有神
行法日行万里兩將金磚法及風火二輪若遇順風能燒寨柵其物雖名法宝只可邪行若是遇

喬道清布迷魂陣法

正之璘却不能用自 勝華光有詩爲證
金篸金甲紫袍新 手執磚鎚貌似神 一輛踏風輪行萬里 馬靈原是得傳人
馬靈飛立在陣前叫曰宋白有強者出來比試宋江出陣問曰將軍何不歸宋得爲忠臣馬靈曰
識得小華光麼宋江曰久聞大名今日得覩尊顏李逵大怒便輪雙斧望首馬
靈便砍馬靈 方天戟來迎鬥不三合被馬靈一金磚打昏屬便義呼延灼死
救回來秦明雙鋒直出與馬靈戰不三合又被馬靈一金磚打斷鞍將力救回
陣宋江曰真個不在華光之下衆將曰我十個兄弟一齊出戰看他金磚也只
打得一個董平呼延灼朱仝雷横穆順鄧天壽智深武松楊雄石秀十人來
戰馬靈見衆不敵将脚踏風輪作起神行法望北飛去了衆人追趕馬靈回
頭將金磚望南一擲変成十塊打中十八員將回陣周來此物不傷人只有五
七日疼痛宋江急收兵回寨與吳用商議曰似此如何收得田虎張清飛石怎
及得此人正思門闈只見喬法師教人來報陣勢已完可請元帥退兵宋江教
軍馬拔寨起行却說馬靈回到本陣卞祥曰宋將被我金磚法打昏十員八將
也若再出陣時必然退兵可將衆將大驅人馬追趕復奪獅子嶺卞祥分付將
兵馬分作三隊追趕東路將十二員何煖連覚斉吏山昌太叔良游麾胡英羊上昌鄭天瑞丘顯
仲賁焦頭中路將十八員馬靈邊文進武能戎江索賁竟世隆凌光傅張鄭都王琊王林班頭忠
畏志仁陳雷倪宣苗道戒倪定甫陸招西路將十二員耿壽古安寇黎文恭羊文王傅莳融燈宿

原池通巴柒管上元徐琎三路分兵已定次日平明中路武能出馬叫道水洼草寇還不退兵宋
江傳令衆人只要佯輸若他追趕你們四面乱走我和几個兄弟只望喬法師寨中而走引他入
來今好行事分付已定史進出馬與武能交戰鬥到三十餘合史進回馬便走武能趕去宋江麾
俊義此衆將望喬道清陣中便走其餘軍馬四散乱走馬靈招動中路人馬追
趕趕到個大井边喬道清在高坡上望見宋江入到陣中只見馬靈武能一十
八人縱馬趕來方纔入到陣中喬道清口中念念有詞取胡桃一個在口中咬
破苑如天傾地裂之声衛起四起十八個七番身落馬只有馬靈作神行法
瓔走被喬道清道大揭帝從空中打下十八員將并五丁兵都如醉倒一般道
清傳令教衆人一齊綁縛宋江衆軍回身乱殺兩處軍馬并五千兵殺得尽絕
喬道清將這十八員將用咒水解了押來見宋江宋江親解其縛斉乜扶起馬
靈等曰倘蒙不棄歸順大宋必受官爵禄以享終身不知衆將尊意下何如馬靈
曰今蒙元帥大德我等情愿投降宋江大喜令取空頭官誥來皆授都指揮使之
職設宴賞待便教戴宗拜馬靈爲師學百行萬里之法宋江又問馬靈曰將軍
龍漴州今有卞祥招討在那里如何取得此處馬靈曰前者元帥在陣前打話時

宋江出陣施礼卞祥

到有歸順之心元帥但可進兵逼城下寨他必然登城打話元帥再用好言說他來降此人亦有
仁義之心文子二人後妻下娶見子卞江頗有武藝宋江依其言随權兵前望龍蟠州進分兵四
面攻打卞祥得知連忙上城 宋江施礼宋江曰卞招討你兇來追趕兵將皆中吾謀總思無回

馬靈金磚打退宋軍

你如何不見机而作下城回衙內脩書一封縛在箭頭之上射出城來宋江小軍拾得呈與宋江宋江拆視曰

卞祥頓首百拜書奉　大元帥宋公明麾下居七久聞元帥仁德行滿四方義吉天下豪杰前日兵臨郎有心進謁奈衆所不從延至今日自皆蟊亂投降只是田虎賊巢尚阿請元帥權退一時待祥回沁州討誘親征元帥可遣大將部領一枝兵先過于谢出截住北口水路占了沁州方可成功若從進兵他必下海而無收捕區區慚愧敗回臣敬具緘書拜上

宋江看罷調馬靈曰卞祥此言真非一時權詞此誘我麼馬靈曰卞祥生平誠寔可退兵十五里宋江遂傳令而退兵十五里下寨單覓卞祥如何賣陣歸降且聽下回分解

○第九十三回　卞祥賣陣平河北　宋江得勝轉東京

田家巢穴几千重　到手分明徹底空　百戰有能入似虎
一朝得勝馬如龍　看雲道與甬待上　奏凱高歌夜月中
多少停囚隨隊後　歸來爭獻去時功

當日卞祥見宋江軍馬退去郎遣人去抽回懸縄并一起兵將卞江來見父親卞祥曰我想田虎氣候不久了河北二十州府今被宋江取了止有我龍蟠州為沁城屏障不久而破不如投降宋江你可权守入馬我回沁州誘他來親征那時賣陣絕他命根此功不小分付已了帶領李勝等數人引軍五百回沁州只說取救兵去了自說宋江分撥兵將隨馬靈往沁州分撥兵將拒住海口揀選二十四員將佐馬靈武能戎江索賢边文進史進楊志解珍解寶凌元傅徐寧党世隆徐寧張清杜迁宋万李應穆春盛本于茂孫立扈元显周通陶宗旺引十万精兵分作兩路一路打

宋軍出陣佯輪而逃

沁州一路打霧疑州馬靈告曰元帥即今田虎兄弟田彪鎮守霧疑州恐知我軍來到出來攔截宋江曰我處另撥人馬來接應馬靈辭別宋江過了龍蟠州扎城外馬靈教戎江索賢党世隆十二員將同史進兩頭把將過來史進去了這裏宋江只撥東路接應大將秦明魯智深武松并西路接應八將項忠東衙倪宣劉唐索超李逵各帶兵二万往沁州接應去了却說卞祥和李勝并徑到沁州來見樞密范世权世權便問曰招討鎮守龍蟠州如何回朝卞祥曰告樞密今被宋江統兵三十萬大將二百員席捲而來自虎領魏州城右羊山蘇林續師于箭尽行取去了如今闖住龍蟠州小官殺開一條大路同李勝何回來欲請主上親征范樞密有兒子范節同守龍蟠州听知此語天明同卞祥入內啓奏田虎卞祥山呼祝畢奏曰啓奏主上臣該万死今河北各處州郡都被宋江領兵奪了今宋兵臨城勢不敵衆捨命殺出回朝奏知乞主上御駕親征衆人剿力向前方可退得宋兵恢復城池伏乞聖護田虎听罷心中不悅樞密范世權奏曰陛下可燃起護駕軍馬二十餘万并調各處兵將和他決一死戰田虎曰卿言當也寡人御駕親征封卞祥為都元帥卞祥辭曰臣武藝低淺難為万軍之長今有涿州李天錫智謀遠大武藝精通正合

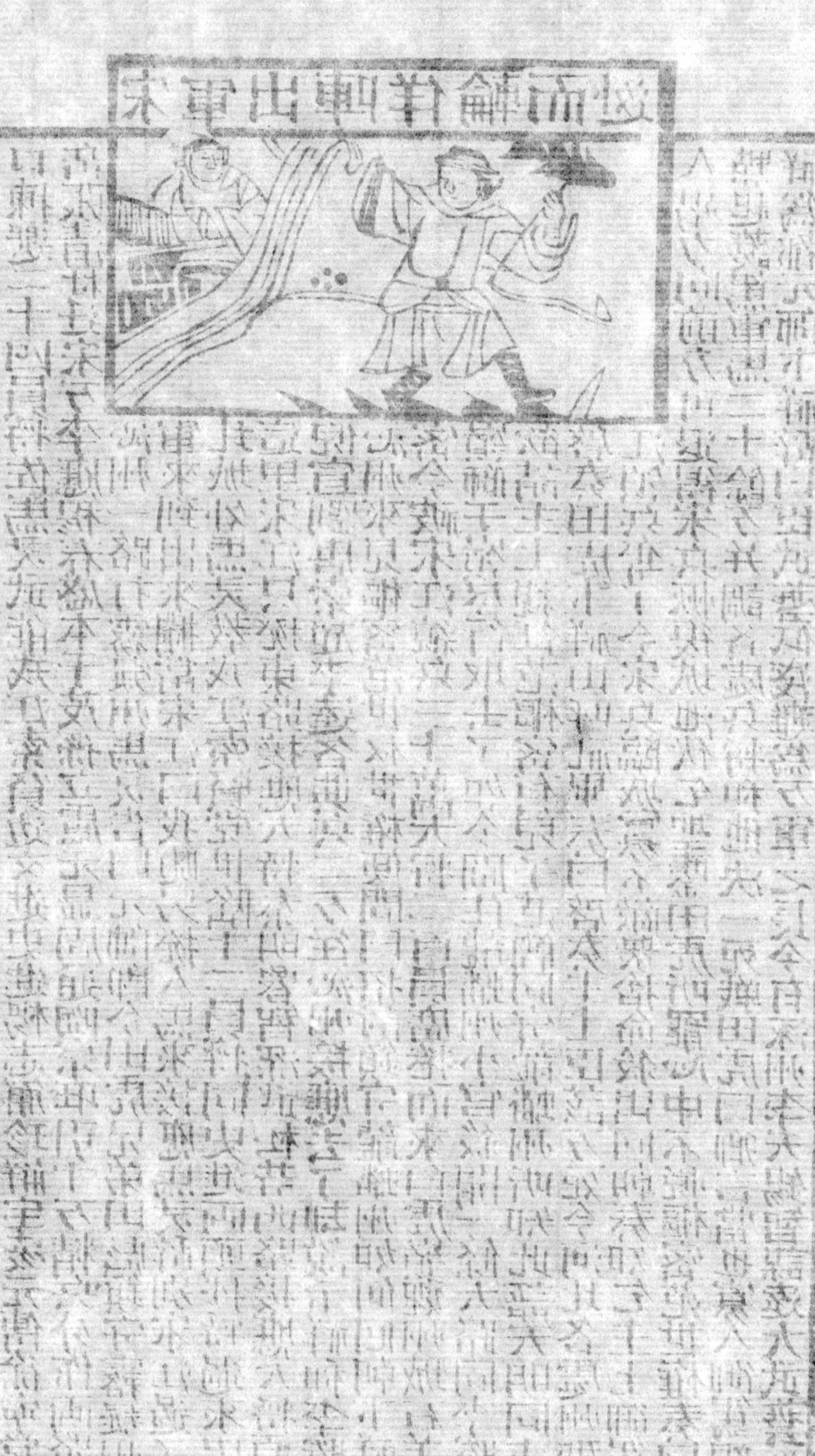

宋江出陣卞祥打話

為元帥之職翔景令薛時此一人可爲先鋒田虎依奏隨即宣入二人李薛二人入朝見郎宇山呼巳畢田曰勞卿遠來今有卞祥保舉一卿征南至天錫為總軍薛時為先鋒卞祥爲副先鋒卿當用心前去朕隨後御駕親征迎敵李天錫奏曰臣拜我主洪福今又得薛將軍卞招討相助必成大功願我主勿憂田虎大喜點撥五万大軍與薛時先行田虎和李天錫點起護駕軍五十萬大將百員前來迎敵宋江却說薛時引兵往龍蟠州來卞江接入城安排筵席管待一面差人迎接聖駕不在話下却說馬靈來到蓋州洞經過小較報與田彪說宋軍將近城邊田彪令大將張雄出飛迎敵楊志出陣叫曰強寇怎敢瀾路張雄令副將楊安出馬與楊志鬬十餘合被楊志刺死北軍大敗報知田彪田彪大怒親自引兵出陣與楊志鬬三十合不分勝敗馬靈見了來與解珍曰我去山後殺將來你們看着機會接過法正說間小校報曰秦明魯智深又引五千兵接應馬靈大喜曰解珍你速去備述兵將求助戰說罷脚踏風輪而去解珍投見秦明魯智深將馬靈的話說了郎招動衆兄弟一發上陣與田彪大戰正鬬之間北軍後陣大亂小軍飛報後有天神脚踏風火二輪手擲金磚亂打下來田彪大驚回馬便走正迎著馬靈從空中擲下火輪打在田彪頭上燒得頭花面亦不能動止魯智深趕上一禪杖打翻把陷車囚了隨從兵將皆投拜馬靈曰我們只在此閒屯下軍馬却說田虎領兵到龍蟠州城外寅排香案遠接入城衆入拜舞與衆將告曰我主今有宋兵勢大不敢與他抗敵今得主上親征有何慮焉忽報宋兵搦戰李天錫選令劉克讓引兵一萬出城與南陣孫安鬬五十合被孫安殺死敗軍逃回報知李天錫天錫大怒綽鎗上馬與孫安鬬二十合不分勝敗被孫安一石子把李天錫打番馬下被盧俊義一鎗刺死北軍大敗退走入城報知田虎田虎見說心慌卞祥告曰我主勿憂小將引衆將出城決一死戰田虎即令卞祥引衆將出陣宋江見了卞祥便令花榮與卞祥鬬到十合花榮佯敗而走卞祥不追叫曰別有英雄再來盧俊義出馬與卞祥又戰五十合卞祥打一闘節招動軍馬望城中便走薛時刺斜來迎被盧俊義一鎗刺死孫安人馬一擁入城田虎知宋兵入城開北門望沁城而走到城下望見城上尽是宋軍旗號回身便往涿州逃難却好遇着史進攔住田虎忠量无計逕奔海邊而迎被史進招動衆將把田虎生擒奪了涿州有詩為証

百万雄兵下北州　將軍全勝陣圖収
堪羞田虎空稱號　到此番成作虜囚

宋江遣兵拒把海口

却說史進將一半軍衣住涿州自引人馬解押田虎來沁州屯扎遣人飛報宋元帥知會却說宋江大勢人馬殺入龍蟠宋江既坐下便問曰田虎何在衆將告曰田虎開北門走了宋江听了心中不樂只見卞祥引衆將拜伏階下宋江連忙扶起曰招討効力投降同奏天子必當重用卞祥曰小將有抗拒天兵之罪賞教布圖封賞宋江各各撫恤巳了就教大設筵席與衆將飲酒之間只見小校來報曰史進巳捉了田虎令人特來報捷宋江喚入問了備細大喜便分付盧俊义和卞祥守住龍蟠州自引人軍來到沁州史進接入城却說田虎所居內宮即依皇城實般肯院衙門宋江坐了正堂衆

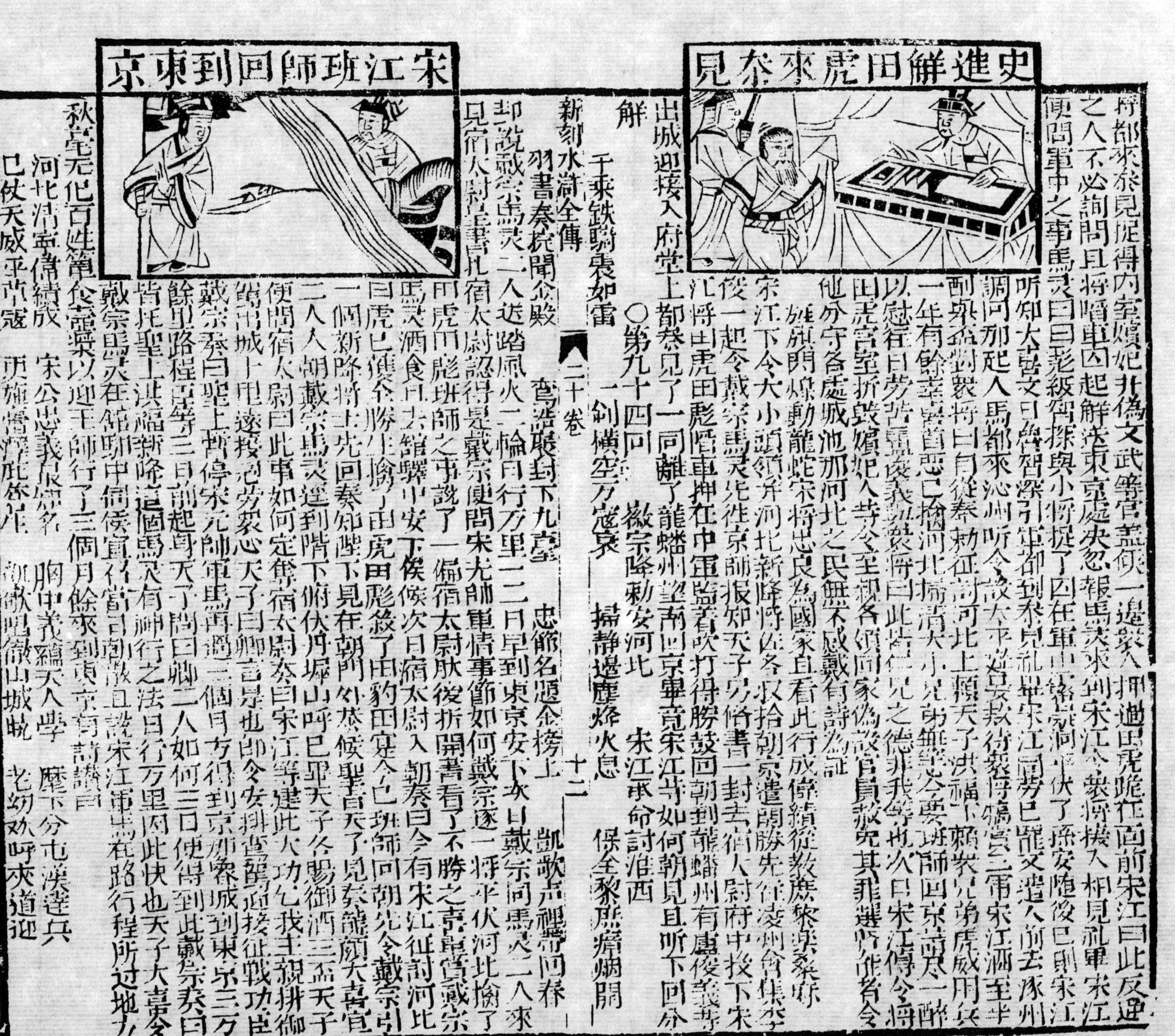

府都來參見捉得內宮嬪妃并偽文武等官盡候一邊發入押過田虎跪在面前宋江曰此反逆之人不必詢問且將檻車囚起解送東京處決忽報馬靈來到宋江令衆將接入相見禮畢宋江便問軍中之事馬靈曰自彭玘與小將捉了囚在軍中宿太尉洞中伏了孫安隨後已則宋江

史進解田虎來參見

听知大喜又曰與智深引軍都到參見禮畢宋江同喜巳罷又遣人前去涿州調回邢起入馬都來沁州听令設太平筵安慰衆將嬪妃二帝宋江酒至半酣與各將說將曰自從奉勅征討河北上賴天子洪福下賴衆兄弟虎威用兵一年有餘幸喜首惡已擒河北掃清大小兄弟無損今要班師回京前尽一醉以慰往日勞苦衆皆拜謝將曰此皆仁兄之德非我等也次日宋江傳令將田虎宮室拆毀嬪妃人等令至親各領回家偽設官員盡究其罪選有能者令他分守各處城池那河北之民無不感戴有詩為証

旌旗閃爍動龍蛇　宋將忠良為國家　且看此行成偉績　從教庶黎樂桑麻

宋江下令大小頭領并河北新降將佐各收拾朝京遣關勝先往凌州會集李俊一起令戴宗馬靈先往京師報知天子另修書一封去宿太尉府中投下宋江將田虎田彪檻車押在中軍監着吹打得勝鼓回朝到龍蛇州有盧俊義等出城迎接入府堂上都參見了一同離了龍蛇州望南回京畢竟宋江等如何朝見且听下回分解

○第九十四回　徽宗降勅安河北　宋江承命討淮西

千乘鐵騎哀如雷　一劍橫空万寇衰　掃靜邊塵烽火息　保全黎庶瘴烟開

羽書奏捷聞金殿　鸞誥頒封下九臺　忠節名題金榜上　凱歌声裡帝同春

宋江班師回到東京

却說戴宗馬靈二人迸踏風火二輪日行万里二三日早到東京安下次日戴宗同馬靈二人來見宿太尉呈書備說宿太尉認得是戴宗便問宋先鋒軍情事節如何戴宗遂一將平伏河北擒了田虎田彪班師之事說了一偏宿太尉默後拆開書看了不勝之喜賞戴宗馬靈酒食且去館驛中安下候候次日宿太尉入朝奏曰今有宋江征討河北田虎已獲全勝生擒了田虎田彪殺了田豹田寔今已班師回朝先令戴宗引一個新降將士先回奏知陛下見在朝門外恭候聖旨天子見奏龍顏大喜宣二人入朝戴宗馬靈逕到階下俯伏丹墀山呼巳罷天子各賜御酒三盃天子便問宿太尉曰此事如何定奪宿太尉奏曰宋江等建此大功乞我主親排御駕出城上迎遠接慰勞衆心天子曰卿言是也即令安排鑾駕迎接征戰功臣戴宗奏曰聖上暫停宋元帥軍馬再過一二個月方得到京師離城到東京三万餘里路程臣等三日前起身天子問曰卿二人如何三日便得到此戴宗奏曰皆托聖上洪福新降這個馬靈有神行之法日行万里因此快也天子大喜令戴宗馬靈在館驛中伺候宣召不在話下且說宋江軍馬在路行程所过地方秋毫無犯百姓箪食壺漿以迎王師行了二三個月餘來到東京有詩讚曰

河北清寧偉績成　宋公忠義最馳名　胸中義氣天人學　麾下分屯漢遣兵
巳仗天威平草寇　更施籌策征淮西　凱歌唱徹山城晚　老幼歡呼夾道迎

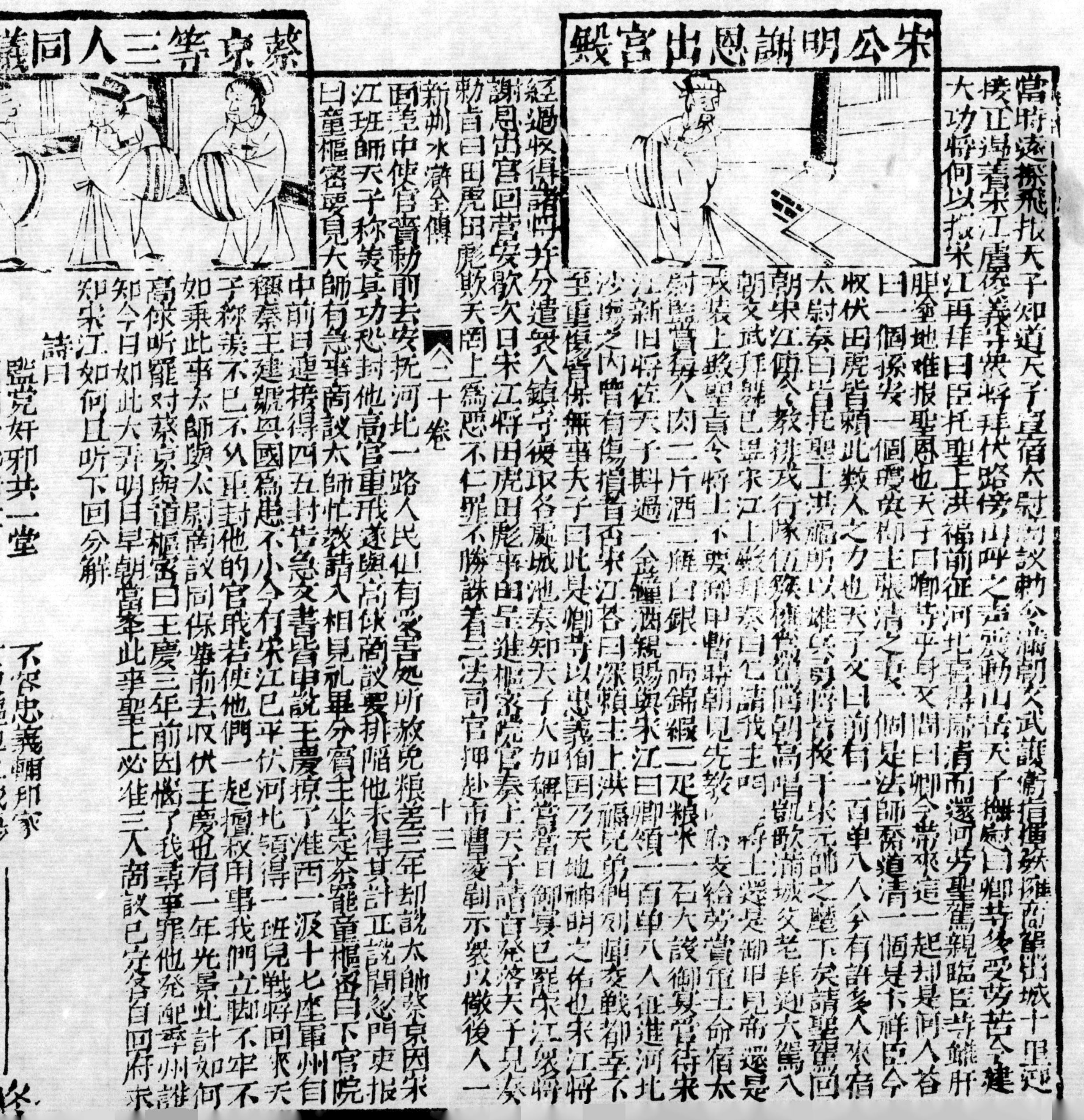

宋公明謝恩出宮殿

當將遠探飛報天子知道天子宣宿太尉同議勅令滿朝文武護衛指揮使擁出城十里迎接正揚着宋江盧俊義等衆將拜伏路傍山呼之聲震動山岳天子撫慰曰卿等多受勞苦今建大功將何以報宋江再拜曰臣托聖上洪福前征河北悉得歸清而還皆是聖駕親臨臣等雖肝腦塗地唯報聖恩也天子曰卿等平身又問曰卿今帶來這一起却是何人首曰一個孫安一個瓊英都主張清之妻一個是法師喬道清一個是卞祥臣今收伏田虎皆賴此數人之力也天子又曰前有一百單八人今有許多人來宿太尉奏曰皆托聖上洪福所以雄兵猛將皆投于宋元帥之麾下矣請聖駕回朝宋江傳令教排戎行隊伍鑾儀簡朝爲前道凱歌滿城父老拜迎六駕入朝文武拜舞已畢宋江上殿拜奏曰乞請我主明示將士還是御甲見帝還是戎裝上殿聖旨令將士不要御甲暫時朝見先教衣支給勞賞宣命宿太尉監賞每人肉二斤酒一瓶白銀一兩錦緞二疋粮米一石大設御宴管待宋江新旧將佐天子料過一金鍾酒親賜與宋江曰卿領一百單八人征進河北沙場之內曾有傷損否宋江答曰深賴主上洪福兒弟們列陣交戰都幸不至重傷皆保無事天子曰此是卿等以忠義衛國乃天地神明之佑也宋江將經過收得諸將并分遣衆人鎮守後取各處城池奏知天子天子大加稱賞當日御宴已罷宋江衆將謝恩出宮回營安歇次日宋江將田虎田彪事由呈進樞密院官奏上天子請旨發落天子見奏勅旨曰田虎田彪欺天罔上爲惡不仁罪不勝誅着三法司官押赴市曹凌剮示衆以儆後人一

蔡京等三人同議計

面差中使官賫勅前去安撫河北一路人民但有罪犯所赦免粮差三年却說太師蔡京因宋江班師天子称美其功恐封他高官重職遂與高俅商議要排陷他未得其計正說間忽門吏報曰童樞密要見太師有急事商議太師忙教請入相見禮畢分賓主坐定茶罷童樞密曰下官院中前日連接得四五封告急文書皆申說王慶擄了淮西一派十七座軍州自稱秦王建號與國爲患不小今有宋江已平伏河北領得一班兒戰將回來天子称羡不已不久要封他的官職若使他們一起擅權用事我們立脚不牢不如乘此事太師與太尉商議同保舉前去收伏王慶也有一年光景此計如何高俅听罷对蔡京與童樞密曰王慶三年前因惱了我尋事罪他發配孝州誰知今日如此大弄明日早朝當舉此事聖上必准三人商議已定各自回府未知宋江如何且听下回分解

詩曰

臨晃奸邪共一堂　不容忠義輔邦家
明朝一紙封章入　又使驅馳上戰場

終

新刻全像忠義水滸傳二十一卷

○第九十五回 高俅恩報柳世雄 王慶被陷配淮西

雨裡烟村雪裡山 看時容易做時难 早知不入時人眼 多買胭脂画牡丹

柳世雄叅見高太尉

郤說高俅未遇時流落在灵州灵璧縣有個軍中都頭姓柳名世雄家開客店這柳世雄雖為軍吏常拯人孤窮高俅因患病半年衣服典賣罄尽柳都頭見他病稍安即與高俅銀十兩因此得回京師後來做到殿前太尉之職一日柳世雄受職到京做上指揮使來殿師府叅見太尉高俅見是柳世雄便請入後堂对夫人曰恩人在此快來相見夫人出見曰當初若无恩人焉得到今日就留在府中高俅謂之曰今欲公差使武家文无大職若在我部下於礼不當即喚提調官張斌曰此人是吾恩人欲與一好差職代我处置張斌禀曰只有一個是十萬禁軍教頭王慶少四個月便出職原因六番奏使差個六国强來勒我朝廷鎗手出試鬪敵勝負做了六国賞罰文字若勝便不來侵你国若輸典六国强時每年納六国歳幣這六国是九子国都典国龍驪国消旧国野馬国新建国却得王慶取了軍令状就金殿下與六国强戮鎗被王慶刺死止有四個月滿便陞總管太尉要報恩人只要王慶肯讓可好高俅听罷即差人去班院雄武營叫王慶王慶即來見太尉曰我有個恩人

柳世雄在此吾欲報他恩與汝商議喚院子托出銀五十兩與王慶王慶曰小人无功怎敢受太尉厚賜高俅曰汝揔管之職尚少四個月來日郤要與試鎗法吾着柳世雄明日到殿下比鎗你可讓一鎗他勝你把揔管借與他吾與你听今使臣之職我自有照顧你处王慶口中不說心中

柳世雄與王慶比鎗

忖曰當初六国强勒二太尉鬪鎗都不敢敵吾拼死與他作对被我搠死到今只少四個月便是揔管之職教我讓與他而反做听令使臣肚裡焦燥免强应曰太尉鈞旨謹領銀不敢受高俅曰受此銀便是定物如何不受王慶曰受了此銀恐後有爭告到太尉处难來擾惱高俅曰言之有理遂入後堂與柳世雄說知了郤說王慶辞別回家與妻說知妻曰且讓他罷省得日後結仇王慶不听次日早朝衆文武立班引進司官復鎗法王慶柳世雄比鎗二人就金階下鬪鎗使了数回王慶使一鎗來柳世雄躲過王慶復一鎗把柳世雄牙齒打落喝曰王慶贏柳世雄輸引進司喝王慶謝恩去了柳世雄武士喝出内門當下氣得高俅失色回到帥府中世雄來見太尉曰謝得恩相舉薦高俅曰恩人不妨我做殿師府太尉這揔管在我手裡我直滅那廝不見早八傍晚却喚殿司前十個帶牌的分付曰去雄武營前巡殺王慶十人領了鈞旨逕到營前巡視人報王慶曰如今高太尉差十個人來尋你王慶曰如今高太尉差十個人來尋你王慶曰我只不山去守四個月揔管滿時當奈我何王慶在家毋夜燒香忽一夜見香桌從門外四隻脚似馬走入香炉亦自飛入王慶見曰郤不是作怪見怪不怪其怪自解便把香炉打碎又將桌子出門前顧

王慶使棒乞討盤纏

我有個道節壽一條棒來在路口使了幾回這市鎮上也有二三人圍住着看王慶使棒王慶產曰小人是東京八十萬禁軍教頭龐了人因强少四個月做摠管被人謀奪本職刺配李州于路缺少盤費只得使合棒告些標手奏作路費說罷又使了幾回棒將撒起高二丈王慶把身一轉將右手接住棒了曰告衆官賜些標手內中早有一人撒下錢來先一時也得三五貫錢撒在地上數中一人身長六尺喝住衆人不得出錢我便與他鬥王慶所罷曰我一日在此辛苦使棒告此標手又被此人喝住了王慶只得向前告曰閣下高姓那大漢曰你跟我來就把王慶手牽着同行離了路口鎮來到家裡請入草堂茶罷那人問曰足下因甚人故得罷職王慶把高俅報柳世雄事說了一遍那大漢曰原來有此屈事小人姓龔名端第十四是這路口鎮尉司都頭適聞見閣下鎗法真是國家之計教安排酒食相待了龔端扎出銀二十五兩與作路費王慶曰多感厚恩他日當報龔端曰愚意本欲相留王兄住一宵却恨司裡有件公事差小人下鄉去不及相留某有一弟喚作龔正他如今在四路鎮上屬永州市界上開酒店如今五年不相來往某有書一封托兄帶去投奔他必有資助王慶接了書就辭別龔端起行在路不一日來到揖子鎮街上又撞見賣卦的金劍先生李杰曰王官人何故至此王慶曰先生昔日之卦應驗如神却把高俅的事說了一遍李杰曰苦哉就請入酒店中相待李杰曰二次遇王官人今觀足下氣色还有是非再與你卜一課王慶曰正待拜問李杰占了一卦曰王兄莫怪我說這卦象些兇的一般喚做扁

草是春末夏初之時便硬可為籬椿着身伏今春首揉筍嫩必折此事也不妨但莫管閒非留四句卦象足下收取後必應驗

報李却逢李　流京却轉京
若逢庞氏事　必定惹災起

等官收下卦象酒錢李杰自还他日知得拜見王慶曰深感先生他日再遇重當報謝遂別了李杰同防送公人取路來到四路鎮尋問龔正店直教王慶得錢鼎名姓于鎮上揚文武于村中正是相交得遇知心友真是男兒識丈夫且听下回分解

王慶到店詢問龔正

○第九十六回　王慶遇龔十五郎　滿村嫌莫逆鬧場

燕門壯士吳門豪　竹裡藏鈎魚腹刀
感君恩重與君死　泰山一擊輕鴻毛

却說王慶入到店內問曰龔十五郎在家麼只見龔正出來見了王慶便問高姓答曰姓王名慶是東京八十萬禁軍教頭龔正曰聞名久矣邀入草堂王慶取出書來遞與龔正拆開看了十分欢喜便安排酒食相待龔正曰摠管如何被害王慶將前事說了龔正曰摠管如此受屈某亦是捕盜官兵家兄五年不相來往當初因此閑爭今日幸遇摠管至此王慶曰感蒙二公元恩可報一連留住數日防守公人懽過王慶上路龔正曰這一村境都偏小弟所管明日辦些酒食請衆鄰到此王兄可使一回棒子小人教每人出錢一貫作送路盤費王慶曰此恩难報龔正即殺牛置酒次日教庄客打起

龔正請鄰贈王慶錢

聚義鼓南村北村老幼都到龔正庄上來衆人曰鄰頭有甚言語正曰今請衆高隣到舍吃些酒小弟有個交誼兄長乃是東京八十萬禁軍教頭被人謀奪本職刺配到此使得好棒如今教誼兄使令棒伏爭刻位郎請王慶出來與衆人相見衆人曰好個大漢了王慶提棒在手望空撇高三丈王慶背叉手接住把棒輪動如風車一般衆人看見喝采不止又使了幾個旗鼓拱龔正曰告列位將送些標手衆人听罷各出錢一貫共有五百貫錢在地上王慶正待收起忽一人走來喝曰且住適間使的棒子只瞞得衆人瞞不得我我是保甲司公敢與我使合棒若贏得我時這五百貫錢與他敢去勝不得我這錢休想此人原來姓黃名達綽號滿村嫌龔正曰王兄沒奈何只須與他合棒王慶便把棒與黃達鬥了數合黃達抵敵不住王慶却將棒頭點采水抹黃達一口黃達輸了走往河下洗口衆人笑曰要得這厮却好王慶拜謝衆人提了錢各自回去龔正又將一領納襖與王慶曰此襖你可貼肉穿襖內都是碎銀金子與兄急難使用王慶謝曰感激周濟之恩異日犬馬之報龔正曰到李州住不得時可來我家住也不妨王慶拜謝與公人上路行了二十里只見黃達領三十人各拿鎗棒赶來大叫配軍休走王慶曰我在龔家讓你是個保甲司公却不打你只抹你一口尿水你今赶來送死黃達大怒挺刀殺來王慶閃過鬥了數合黃達抵敵不住便走衆莊客亦走了防送公人曰我們快行些恐這厮叫大隊赶來不便二人走上五十餘里來到李州安下次日押着王慶來見大尹看罷即批回文發二人回京使令腳

龐元賣藥張口討錢

軍押着王慶來到牢城營裡單身房中伺候王慶把五百貫錢與上下使用了來見管營司公曰太祖留下一百殺威棒我見你臉上黃瘦想是路上有病且寄下這頓棒子去單身房裡伺候次日管營差撥得了王慶人情發去管天王堂每日燒香掃地時光撚指過了兩三個月忽一日隔前有個使鎗棒賣藥的在那里說道小官非是路途人官住京師蒙聖恩除授光州昔利縣巡檢本身是武尉出身因到這李州來見親戚小官姓龐名元為恐上任之時又是三年先來和他相見一面再去上任到此路遠恐缺盤費因此使回棒子這沙鑼內一百貼梅蘇賣治男女百病你這二三百人看的在此有先出錢的小官認了那待我上任時用你做廣候衆人听罷曰這厮沒道理說出這話一文也不要與他這龐元見衆不出錢來焦燥曰昔有個故事說得好那南山一個貧子生一身癩瘡去遊山獲得一個野猪這貧子歡喜曰世人言癩子吃野猪肉不留人身我是貧子又生癩瘡值得甚麼且把這猪殺了煮熟做兩日吃了這貧子癩瘡到好了原來這野猪在山吃了一萱菜與甘草檳榔皮這貧子有緣是吃了藥的野猪故此医好了這個癩子那北山亦有一貧子也生一身癩瘡一日撞見南山貧子癩瘡都好了便問你這癩瘡如何都好了南山貧子曰我獲得一個野猪殺來吃了肉此好了北山貧子見說也去尋個野猪殺來吃了那貧子疼痛不過二三日死了南山貧子笑曰我這野猪是服藥的医得病好他是不服藥的畜生如何医得病衆人見說這話焦燥曰我們不賭氣的都是好男子敢說這個比方罵我們衆內有一

王慶入場拒撞龐元

人曰你們莫與他爭我去天王堂叫個鎗棒教頭來王慶隨到看時那龐元曰寶劍賣與烈士盛
人怎曉紅粉贈與佳人村夫俗子都不用衆人在此試敢與吾比試王慶聽了入場問曰閣下貴姓
元曰小官東京人氏到此探親欲使回棒賣了藥去光州潛利縣上巡檢之任王慶曰吾尋官出言
傷衆只有兵家那有燥求龐元曰不干你事你敢來此我比勢王慶曰我好意
劝你你反要與我來作對便自我就與你使合棒元曰你不要暗算王慶拿棒
與元鬥了數合龐元便使衆幡王慶便使衝突龐元見棒來用棒打開去王慶
却不打來去側邊打一棒將龐元右手腕打斷龐元大叫倒在地王慶攙他
扶起來龐元曰打折了我手腕也王慶曰是你來勸我比勢休怪休怪撇了龐
元自歸去原來龐元有個姐夫張世開見做本州兵馬提轄這龐元姐夫不
和因此出來弄鎗使棒當日龐元走和姐姐訴曰今日出去被外人打我
去弄棒鬥了他故使牢城營裏一個犯人王慶把俺手腕打折說是說道但
開教我打你我今上任不得却回京去省院理告狀和你老公理会姐姐曰等
我那廝回來問他端的龐元見說自去了却說張世開歸來遇到夫人房中
去這夫人不問事因便揪住丈夫胸前大叫屈張世開曰有甚事夫人曰我兄
弟與你不和你也看我面他自去使棒你却調撥牢城營裏王慶來打折他手腕恰纔哭來告訴
我他要回京告狀和你理会你當初未遇時在我門前賞理允我爹爹養常問你討與後來把我
嫁你又借錢與你討了張世開曰是老婆拾舉的官外人聞知不好觀瞻是你兄弟自要生出衬

新刻水滸全傳 二十卷 五

王慶直傘撇落頭巾

來怕我不與他報仇故把言語來激你既被王慶打了明日叫他來打他九百九十九棒與你兄
弟做利錢正是家有賢妻夫不遭橫禍次日張世開即與王慶并三名隨身士卒周斌吳昆鄭得
同王慶四個來見張世開唱喏了世開見了王慶曰好個大漢便叫王慶打傘過兩日有官員請
張世開赴筵叫王慶打着京傘張世開回衙時自轉西王慶執傘向西邊照前
行這張世開要尋王慶之罪代員執仇行到一涼棚街上王慶輒被傘低遏世
開挺起頭巾被傘裙撥落地下張世開大怒從人慌忙拾起頭巾帶上世問到
衙便問曰你今日張傘把我頭巾撇落唱直杖的着實打二十左右的把王慶
打了二十打得皮開肉綻鮮血迸流張世開曰明日不要這廝打傘交在本衙
而買父日晚千來分付王慶衙裏要買蹄子又買尤鯽魚二斤一要時又要買
白鯊五斤豆付五斤王慶來到市上件件買到堂裏交收王慶自上消帳只個
單子來見張世開支錢世開曰十日一次來支給王慶只得將自已的錢去还
世開終是要尋他罪過了十日王慶具單來見世開支錢世開曰日前只買豆
付鯽魚何曾買蹄子你終日只買便要領帳叫左右打二十只支得五貫錢餘錢
賴了不肯與王慶自做牢年市買將其此錢內金銀賠使忽一日張世開又分
付王慶討十疋好紫羅王慶到綵段鋪討了十疋紫羅入衙裡世開將來教揀擇都說不好走前去三尺却
依價束縛與王慶還鋪物主看了曰這原物乎跡動了不是原号又剪去三五尺的使曰王市買
這都是王去三尺五尺坏了我貨物王慶即將羅求典罷目雖不見原号舞尤還剪去三尺五尺交

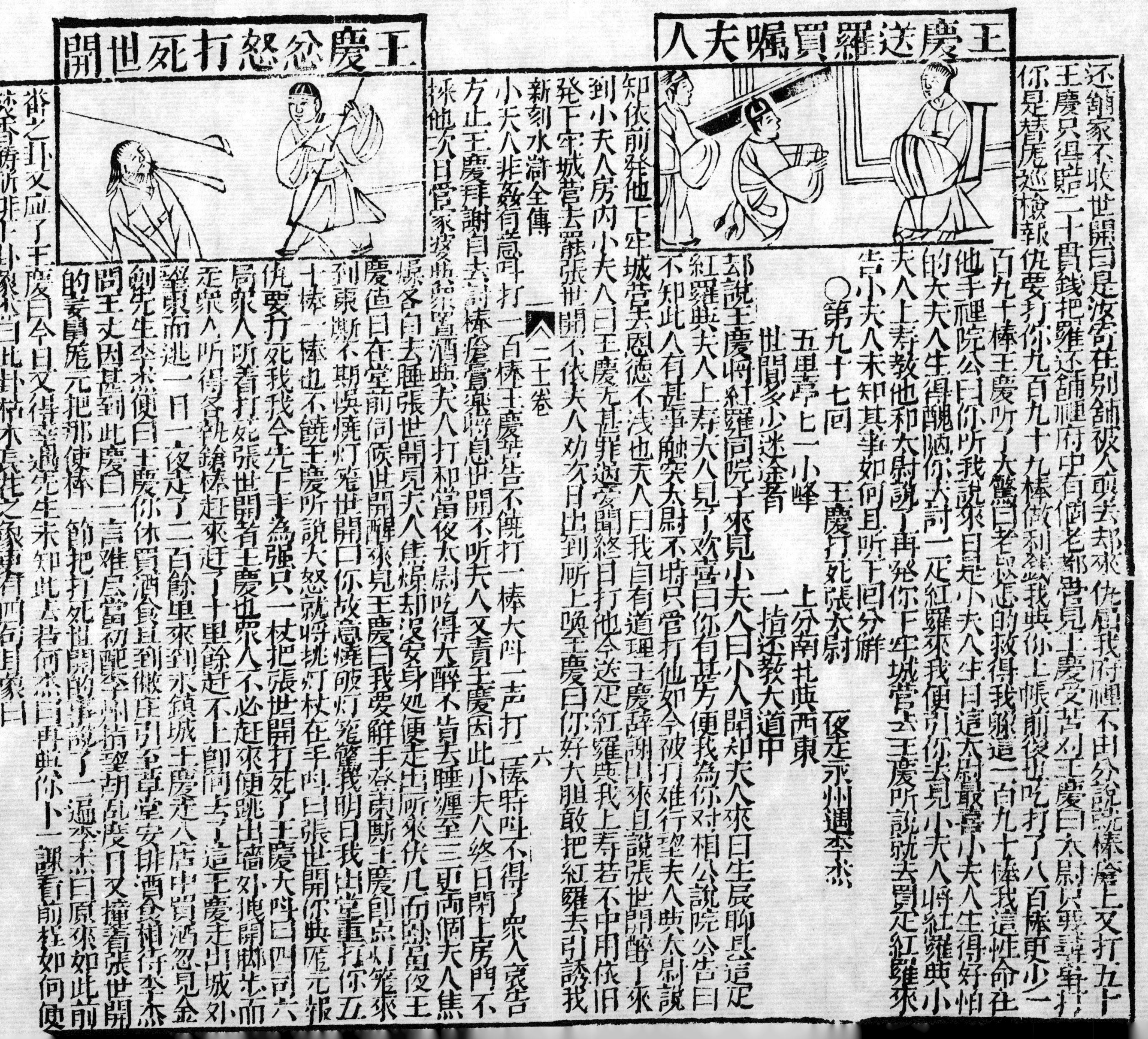

王慶送羅買囑夫人

还舖家不收世開曰是汝寄在别舖被人偷去却來佐肩我府裡不由分說就棒倉上又打五十下王慶只得賠二十貫錢把羅还舖裡府中有個老都管見王慶受苦對王慶曰太尉只要尋事打你是替龐巡檢報仇要打你九百九十九棒做利錢我與你上帳前後也吃打了八百棒更少一百九十棒王慶听了大驚曰老都管怎的救得我躲這一百九十棒我這性命在他手裡院公曰你听我說來日是小夫人生日這太尉最喜小夫人生得好怕的大夫人生得醜陋你去討一疋紅羅來我便引你去見小夫人將紅羅與小夫人上寿教他和太尉說了再發你下牢城营去王慶听說就去買疋紅羅來告小夫人未知其事如何且听下回分解

○第九十七回　王慶打死張太尉　夜走永州遇李杰

五里亭七一小峰　上分南北與西東
世間多少迷途者　一指还教大道中

却說王慶將紅羅同院子來見小夫人曰小人聞知夫人來日生辰聊具這疋紅羅與夫人上寿夫人見了欢喜曰你有甚労便我為你对相公說院公告曰不知此人有甚事觸突太尉不時只管打他如今被打难行望夫人與太尉說知依前發他下牢城营去恩德不淺也夫人曰我自有道理王慶辞謝回來且說張世開醉了來到小夫人房内小夫人曰王慶无甚罪过爹爹終日打他今送疋紅羅與我上寿若不中用依旧發下牢城营去罷張世開不依夫人劝次日出到厅上喚王慶曰你好大胆敢把紅羅去引誘我

王慶忿怒打死世開

小夫人非姦有意再打一百棒王慶告苦不饒打一棒大叫一声打了一棒特叫不得了衆人哀告方止王慶拜謝自去討棒瘡膏藥將息世開不听夫人又責王慶因此小夫人終日閉上房門不採他次日管家婆與眾姬買酒與夫人打和當夜太尉吃得大醉不肯去睡捱至三更兩個夫人焦燥各自去睡張世開見夫人焦燥却沒安身处便走出厅來伏几而卧當夜王慶值日在堂前伺候世開醒來見王慶曰我要解手去東厮王慶即点灯籠來到東厮不期悮燒灯籠世開曰你故意燒破灯籠我明日我出堂重打你五十棒一棒也不饒王慶听說大怒就將挑灯杖在手叫曰張世開你與龐元報仇要打死我我今先下手為强只一杖把張世開打死了王慶大叫曰四司六局衆人所看打死張世開者王慶也衆人不必赶來便跳出墙外拽開脚步而走衆人听得各執鎗棒赶來赶了十里餘赶不上即回去了這王慶走出城外望東而逃一日一夜走了二百餘里來到永鎮城王慶走入店中買酒忽見金劍先生李杰便曰王慶你休買酒食且到微莊引至草堂安排酒食相待李杰問王丈因甚到此慶曰一言难尽當初配李州指望胡乱度日又撞着張世開的妻舅龐元把那使棒一節把打死世開的事說了一遍李杰曰原來如此前番之卦又应了王慶曰今日又得幸遇先生未知此去若何杰曰再與你卜一課看前程如何便焚香禱祈排下卦象杰曰此卦枯木長花之象更有四句且家曰

三段英雄地　紅桃処上新
更名解姓発　結果在河清

王慶逕投吳太公庄

李杰嘗斷曰向後受萬人唱喏自称王覇改姓更名且至貴至顯王慶曰若是後來得見天日定匕謝你李杰曰吾有父親吳太公王慶曰縁何二姓杰曰我是過房與他為子他做保甲司公吾寫書一封與兄那里去住幾時王慶收書拜別李杰行了五六里路來到吳太公庄上入報太公出來接入草堂賓主而坐王慶取書遞與太公太公拆視大喜原來李杰推王慶的事一一寫在書上教收留過吳太公曰閣下是抱管王文聞足下久矣今日幸得相遇便教安排酒來相待太公曰老拙今年七十有一自從做了保甲司公被我收了幾处大寇做庄雖有五六十個庄客武藝不十分精熟足下乃八十萬禁軍教頭敢煩指教未知尊意何如王慶曰多感盛德謹領命太公郎喚庄客分付曰請師父教你們武藝都來參拜師父已畢自此王慶在吳太公庄上教演武藝一月有餘衆各精熟太公與王慶各棒王慶勝了太公大喜次日有人送公文來却是本州由奏朝廷行下榜文着諸州府縣市鎮鄉村保甲並要画影圖形給賞千萬貫錢捕捉打死兵馬提轄正犯王慶王慶見了大驚太公曰吾見保甲司公今藏足下在此深為不便當下太公將銀五兩朴刀一把棒兩條小旗一面上寫鎗棒教頭李德王慶收了銀物拜辭太公投奔龔正家去走了二日來到一樹林边見前面一派鼓樂之声是送新婦的那簥後馬上坐的却是龔正王慶見了便入林裡張望漸漸來至前面是一所庄上忽听內裡喧一声鑼响走出二三十人為首一大漢手挺朴刀攔住大叫曰吾在此等你多時我姓項名襄與你无仇你捉我到官刺配永州今日且吃我幾朴刀龔正慌忙扎縛起衣袖提朴刀在手大怒曰你來坏吾好事便挺朴刀來迎二人鬪上数合被項襄右脚上搠了幾朴刀龔正忍疼又鬪二五合看看要走忽明林內一人大叫強賊休害龔都頭項襄听得回身便與王慶鬪了数合被王慶一朴刀搠死衆嘍囉走散龔正大喜問曰王丈一向在何处王慶叫曰我不是王慶乃是李德龔正與衆人曰今日且回另日再成親一行人伴到四路鎮來也正請王慶到堂上拜謝曰今日若非王兄吾命休矣王慶將前事一一說了正是在本鎮城遇着李劍先生李杰得書見吳太公庄上住了月餘行又來到因此粧做使棒教頭改名

王慶辭龔正去淮西

李德來報恩人不期途中偶遇龔正曰君哉你今只在我家避难候我庄客武藝王慶曰多謝恩人量知今海王慶住了月餘叫庄客武藝精熟忽一日龔正曰自從相会不曾與你較量一棒便喚庄客打掃麥場正與王慶較量棒了不期墻外一擱人是黃達在客因來汲水所得墻內棒声就在墻縫裡望見王慶使棒忙歸報與黃達達即引三五十個庄客團住龔正庄上叫曰窩藏王慶快快綁出王慶听了走入後山去躲了龔正曰黃保甲你在此大驚小怪我豈不知事理黃達曰不必支吾正曰任你去搜達郎引衆入家樓覓不見走入後門望山上去王慶听得下喧鬧冲頭來探被黃達見了便叫曰王慶好下山受綁我好生伏事你王慶大怒執棒在手來迎只一棒把黃達腳髓打出衆庄客叫曰黃達被王慶打死了這番你却賴不過龔正叫苦王慶便曰汝等可縛吾去見官免致負累那龔正曰兄長差矣我一心實欲結拜非入

你今詐做承局打扮連夜快走這場官司我自去理会說罷便取黃旗一面銅鈴七枚白金一百兩與王慶王慶收了拜謝當日便走行了數日來到淮西地界到一所林子王慶入去歇脚只听曰林子裡亦有一

王慶開場引人賭博

夥人歇脚那人見王慶來曰兄長從那里來王慶曰從京師來要去淮安州下公文那人曰兄長生得長大面上有金印恐难過淮河浮橋王慶曰如何過不得那人曰橋上有一百人把守見我生得長大又是麻鬍子便說我是王慶不由我分說劈頭便打只見一人走來救我說不要打他是我的兄弟眾人見說即便放了我我亦胡乱叫他送我過橋來对我說你去路上若見撞見一似這等坏了頭面的人你对他說知教他先來尋我我便認他做兄弟我護他過橋去王慶曰他姓甚名誰那人曰他在浮橋边住姓范名全在鎮陽城裡做院子叫他做范院長你去見他認他做哥哥便過得橋去王慶曰謝兄指教忖曰莫非是我姨兄行至淮西東鎮市見一人在店裡坐便問曰范院長在那里那人指曰对門挂竹簾子便是王慶入見范娘子唱喏曰尋嫂嫂小弟敬來看哥哥范娘子荅曰你哥哥未歸且請坐下少刻范全回來見王慶吃了一驚原來范全與王慶是兩姨兄弟王慶曰小弟特來探望哥哥范全便令妻子安排酒飯與王慶吃了五大碗全妻曰汝弟会吃飯难為打火范全曰他今纔到你且閉嘴王慶住了十數日范全盤費都吃尽了只得把衣服典當與他吃一日范全取一個骰盤六隻色仔对王慶曰此去二里有座林子與做椒花快活林裡面有一餘處賭場我拿你嫂嫂衣裳當得四百錢在此

你可胡乱去開個賭場到晚也有三五貫錢回來强如在家閑坐王慶接過四百錢到快活林裡却見來得早些王慶見一段淨地就要放下骰盤只見一人來曰我便是出林虎你是誰王慶曰我是范院長義弟李德那人曰足下休踏這片淨地有人占了的你去前面有未掃的地段可去

王慶怒回與嫂叙情

開場王慶只得前去掃淨一段地面排下骰盤放那錢在地上良久只見來賭的都在別處去賭只有王慶坐處沒人來賭守到日斜肚裡又飢只見賣烝餅的來王慶就取十文錢買五個烝餅吃了又見賣香辣灌肺的王慶又買了十文錢吃了看看到晚別人都收拾王慶也只得收拾回家肚裡好悶嫂子問曰叔叔今日利市麼王慶曰我恁悔氣睜着双眼看嫂子嫂子曰叔叔和誰鬪來王慶曰不是和人鬪实不瞞嫂嫂說今早去林子裡有出林虎不由我擺場只得往前面開了鋪坐下一日並沒一人下場都別處賭了今日冒悶心吃到去了几十文錢嫂嫂听了惱得直竪星眼圓睜曰不知你因甚焦燥原來作下馬威也不干叔叔事是我那腌臢等他回來和他理会王慶知自己過不敢討晚飯自去睡了范全吃得大醉回來渾家見他醉了不說各自睡了范全睡到二更醒來叫妻子曰今日叔叔利市如何妻子罵曰你這蠢才賊把我衣服典錢與他買物事吃剩得一半錢回來到会作下馬威范全被妻子罵了一夜次日王慶起來吃了飯將錢又去林中開場坐了半日又沒人來賭看看至午肚中又飢不敢買物吃餓了一日只見三個人入林子來扛着五層蒸籠那後生取出籠內饅頭每人一個個俵了却依到王慶面前來

段五虎與王慶比試

王慶只道是施散的便說多把一個我吃王慶喫曰這是救命的菩薩只得晚兒一個女子引兩個庄客入來衆人見了都起身唱喏那女子曰適間謝你們点心衆人都把錢还那女子每人一百錢看看排到王慶面前王慶叫曰苦也好貴饅頭我只說是他施散的原來是賣的一百錢一個我只有一二百錢还了他怎的殭家把二百錢遮在衣裡女子來到面前有了王慶自曰好個大漢把饅頭錢來王慶笑曰今日不曾発市那女子大怒把王慶一脚踢倒把錢尽拿去了王慶好悶要赶去問那女子取錢衆人曰這女子是段家庄女孩兒不比別人這裡俗語說寧吃三斗糠莫惹段家庄寧吃三斗醋莫行段家路他的父親喚作段老虎他大哥是一大虫小兄弟是段五虎這女子喚做淮西大䖍詐敢惹他王慶听了只得收拾回來把桌子一拍大叫曰今日又悔氣了嫂子吃一驚曰又怎的王慶將散饅頭据錢一一事說了嫂子曰如今將錢使沒了我的衣裳几時取得回來到拍桌打灯作下馬威王慶只得忍氣到晚范全回家妻子把范全罵了一夜次早王慶起來打了一缸水燒着火困去取柴見桌底下油单紙包着把朴刀在王慶見了喝來曰既有此物件不去做邪作別經營只因這物件直教王慶受万人唱喏应了金劍先生四句卦象正是

寂靜如知蟬在樹　灯殘方見月臨牕

且听下回分解

○第九十八回　快活林王慶使棒　段三娘招贅王慶

運轉三段英雄地　時到紅桃処處新

更名改姓自此発　結果終身在河清

段三娘與王慶比試

王慶當下看時却是朴刀便拿向快活林裡來把朴刀鎗棒放在地下早有二五百人看的圍住了王慶唱了喏把棒望空撇起高五丈却背叉手接住弄五七個回合旗鼓衆人喝采有出林虎腰間取二百錢放在王慶面前曰不枉了好本事這便是引衆標手一般衆人見了各出錢一二百的有三五十人都撒在地上約有五百貫錢王慶見了欢喜正待收拾留杖只見人叢裡走出一個後生前來曰你這厮今日出標首喝采做甚麼我是段五虎不知你是甚人適間使弄的鎗棒只瞞得那衆人却瞞不得我這標手錢休得拿去你敢和我使合棒若贏得我時這錢任你拿去勝不得我將錢分还人王慶曰五郎要和小人作对不是小人來勸五郎衆人作証見君是小人贏得一棒或是傷損時不得當惡段五虎曰好漢打死不妨王慶听罷就拿棒立在四方段五虎在東方棒点過西來王慶还回架隔段五虎又一棒打來王慶側身閃過段五虎棒打空了王慶把段五虎頸項上打一棒打倒在地王慶也來扶起段五虎不妨便叫出林虎告衆人不得放了這大漢去段五虎走到庄說與他姐段三娘并父段老虎知道三娘即引五十個庄客各执鎗棒到林子裡來圍着王慶段三娘曰你是那院來的兄弟須有且來這裏西鎮陽人那個不知我家你打了我兄弟是何道理王慶陪話曰我不知是娘子令弟是他來勸我使合棒三娘自思曰這大漢本事必然高我與他比試若勝我情願嫁他不枉這個英雄只見三娘在臂膊上取下四隻金鐲來曰這四隻金鐲將作定物和你比試你若勝我我便嫁與你你若輸時我

段家招贅王慶成親

直打折你兩脚便教自林虎作媒王慶聽了說便自三娘子要與小人比試今日衆人都是証見這金鈚子我且收了若贏時休返悔段三娘曰一言既出駟馬难追便教出林虎做開棒段三娘拿棒在手王慶亦拿起棒來先使幾個旗鼓步把棒望空中撇起高五丈有又手接住便白三娘先使輪頭則個三娘便把棒撇起高三丈正面手接住使了几路势子喚做一枝花三娘便與王慶作对使棒打入來王慶回身架隔三娘赶入又打來王慶隔開把棒望三娘劈頭打來三娘見棒打來使棒來隔王慶却不打下就三娘脚下打來三娘怕打了脚收棒不迭被王慶使棒兌入三娘腿間中去只一挑三娘仰面跌倒在地王慶慌忙抱起三娘衆庄客見了却回衬道斷一齊向前來打段三娘喝住庄客不得胡乱打人衆庄客便不敢打三娘便对王慶曰你却有仁義我輸你你今在那里住王慶曰在范院長家住三娘曰我回去对爹娘說知明日來請你說回庄去了王慶也收拾了錢將金鈚子藏布袱內謝了衆人回來范全妻子見王慶把着錢回來慌忙出了接了便歡喜王慶把錢放在桌上布袱內取出四隻金鈚子范全見了便曰這金的物件你去那里討得來休連累我王慶將使棒衆人的標手並段三娘比試招贅的事对范全說了一遍范全曰恐他是欲兵計賺只到家去報仇王慶曰不妨有此林虎衆人做媒看他明日如何次日汝听得街上問曰便是這里王慶出來望時只見段三娘引衆庄客穿着紅衣各執器械而來驚得范全夫妻沒躲処王慶挽一把三眼叉出來对段三娘曰李德在此段三娘曰我回去对爹娘說了我特來接你去我家和你成親王慶曰你既來取我却帶許多鎗手來作甚三娘曰你不知段五虎兄弟恨着你帶來保護同帰我家就請你哥嫂同去赴筵席范全曰多謝厚意另日夫婦却來賀喜三娘曰既如此另日來相請王慶辞了哥嫂同三娘去行至半路入一小店三娘喚庄客燒湯與王慶梳洗取出新衣服穿了即同三娘到庄三娘引王慶到草堂與段太公太婆并諸親戚相見礼畢茶罷段太公曰我那五虎他不信你武藝只說姐七在外面曾和你有事假粧輸了要與你做夫妻教我兒子沒有怨心你今再與他比試你若勝時便成親若輸了只得离我家去便教段五虎出來五虎至面前手撚朴刀一把王慶亦提刀在手三娘做開棒段五虎與王慶鬪了數合被王慶在五虎腿上刺一朴刀五虎大叫一声倒在地上血流滿地太公和衆人大笑教庄客扶他入去教安排酒來成親三娘與王慶拜了太公太婆成親了過得數日三娘对王慶說街市上我有個叔七開着大酒店我往日在那里賣牛肉饅頭点心明日可同你去賣肉次日教庄客安排酒礼挑去

段三娘仝王慶賣肉

二人同到叔嬸家來恭拜畢三娘曰我明日來賣肉叔叔曰如此却好便置酒欵待二人至晚辞回次早三娘教庄客殺了一頭牛煮熟次日同丈夫去賣了回來得此利息夫婦欢喜忽一日三娘頭風發與丈夫曰你先去賣我病安即來王慶到店與叔翁曰今日三娘頭風發叫我先來賣肉叔翁曰却好那買肉之人見三娘不在問王慶討饒折本正憂悶間只見十五個人入店曰將五斤熟肉來王慶便秤五斤熟牛肉切做三盤放在

西陽鎮王慶殺龐元

桌上打兩瓶酒吃完不还錢王慶曰不还肉錢衆人不忿都走出門王慶就出來扯住一個討錢一個便來打王慶被王慶面上打一掌打得鼻血滚流入都來却被王慶都打倒在地上只見實三娘走來叫曰不得胡乱打人那十五人見是三娘來都不敢動手王慶曰賒我九斤肉不还錢便動手打我那十五人曰三娘息怪小人們不知是你丈夫為首一人便取錢还三娘三娘曰都頭休怪我拙夫不認得你們且進店裡坐便教安排酒請十五個都頭衆人曰却又來相炒你們自为着馬氣來討碗酒吃又被你大郎打了一頓拳頭甚难了得三娘問曰都頭因何事没出氣处一個各曰我這西陽鎮一個巡檢姓龐名元他先是光州背利縣巡檢如今改調他來這里做巡檢這厮曾在李州被王慶打折了右臂如今有些歪新任到來一些兒差錯便打三五十棒因此我們忍氣王慶听得說了便觸心問曰此人在那里衆人曰在司裡歇衆人吃了酒辭謝去了三娘與王慶收拾了回到店上三娘道堂前來點茶王慶想起龐元冤仇不覺淚下三娘便問因何煩惱王慶曰实不相瞞我不是李德是王慶因龐元起禍打死張世開這賊在此痛恨入骨因此觸心三娘曰你不說被我也自知便取出數十張榜帖出來是拿王慶的圖影圖形如今我令人四下揭了榜省得路上人眼目王慶曰我今夜去殺了那厮方雪胸中之恨說犹未了只見段太公入來曰我在外面听得多時了我也認得你是王慶既龐元在此不夫下手更待何時便教三娘去分付守把浮橋人咸曰今夜我教丈夫去買半邊時休阻當他至一更去下手

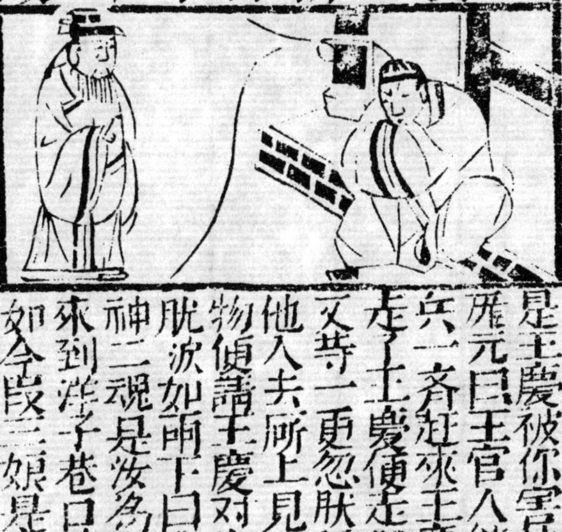

你二人便收拾銀兩走別处去避三娘曰若見走了事時你往東前村等我說罷王慶提了朴刀至更尽便過西街來打听在五里房子裡等至二更只見龐元騎馬來兩個人提灯篭一個拿條籐杖來到林子前王慶走出來大喝曰馬上坐者是龐巡檢麼龐元曰我便是你是甚人王慶曰我是王慶被你害使我没处躲身今日相遇且吃我一朴刀便把龐元揪下馬來龐元曰王官人饒我性命王慶便把龐元砍死手下人走去司裡報知都頭方兵一齊赶來王慶見有兵赶來便提朴刀殺去殺死兩個為頭的衆方兵一各走了王慶便走過東晉村來見一廟宇王慶倚了朴刀在門边坐候妻子不到又等一更忽然睡去只看見廟宇內兩個庄客出來曰太公請你敘話王慶跟他入去廳上見一人身穿白襴紗頭頂李王巾在上面坐席上排三牲酒菓之物便請王慶对坐庄客放朴刀在壁上便斟酒王慶見庄主不相識那庄主忽眺淚如雨下曰我姓劉排行第五名慶與做五郎便是汝之前身一魂在此為神二魂是汝為人前世因賭祭一百餘坦我提朴刀向前引路當敵又人不期來到洋子巷口撞着一夥人走來攔住我被一人把着後心一朴刀截下水去如今段三娘是我前世妻子因卸我被殺娘倩人捞起我死屍歸家做功果火

王慶入廟前身降夢

化這婦人貞烈自刎而亡如今李州兵馬張世開是賊我前面鄉間的人龐元是後面截我下水去的那有高俅在内這厮們耶是我前生冤家段三娘今也復尋你做夫妻同你一处段他吾生前為人正直今在東背利為當境土地我生前姓刘今生姓王改姓不改名你前程自有発達他

日便到此不得害東當村之子孫至晚三鼓王慶醒來記得神人說的言語王慶自怪哉只不見了朴刀便開門入内揭起神帳看時見一尊神與夢中的神一般怀中倚着朴刀王慶見了却待拿朴刀去只听得庙外有人說話王慶沒躲處却入神帳内坐那衆人都入庙來燒香賽祝

王慶三娘上紅桃山

見三牲都吃了一半又見地上有菓子殼并雞骨便曰每時祭献物都不動今次如何神道都吃了衆人下拜忽見双脚便曰有人在神帳内下段帳幔庇曰方纔山人社長誠心吾今降附下此姦安不要胡言亂語衆人听了又拜伏中有大胆的人曰既是神天降庙中我等且看聖像如何便把竹竿挑開帳幔見了王慶有認得的說是段三娘的丈夫是殺龐巡檢的兒身且把住庙門我去報西鎮都頭來捉王慶見說便提朴刀跳出帳來衆村人見了便拿鋤頭竹竿來敵王慶被王慶朴刀搠死數人村人便走只見前面一女子來却是段三娘王慶曰只說你不來三娘曰我在家中商議來得遲了二人便投南路而來走了五十餘里來到紅桃山下三娘曰紅桃山有一夥強人爲首的是廖火星廖立第二個是戴花孫勝第三個是撲山豹張新只有廖立使的出山牌用生牛皮裹竹造成牌裡藏五條標鎗中間有一個大鎚舞動那牌引得人眼花自暗便打將來若打不着便使標鎗來尤有不中我曾輸他一番當初要娶我卻今嫁與你這厮必恨我我們上山時須仔細王慶曰不妨自有計較二人來到半山小嘍囉見了認得三娘便去報知廖立廖立請上山來見了三娘曰今日來投奔必有好意又指王慶曰這個是誰三娘

曰是我丈夫姓王名慶廖立便請上所來排五把校椅坐定安排酒來各劝一碗到山酒廖立曰三娘你哄弄得我好今日你嫁這個丈夫却也不枉了孫勝笑曰哥〻你看王丈恁的魁梧哥〻休怪我說你的面貌一似活鬼廖立曰你褒得好且閉鳥口便問三娘今來投奔因甚事而來王

王慶三娘見廖立等

娘把王慶的來歷殺了龐巡檢的事說了一遍廖立曰三娘若无急難事怎到我寨又看着王慶曰你既是八十萬禁軍教頭武藝必高强我與你比試武藝若勝得我就開你二人在此若輸些我將你們下山去王慶便曰說得是廖立即拿滚牌在手王慶亦拿朴刀廖立輪動牌來只等王慶眼花自暗便打來王慶定睛看不動身廖立奔了一回將牌打來王慶便走過西边去廖立又打過西來王慶又走過東廖立用鏟掘起泥塊從來王慶見泥塊來將身一躲泥塊從頭上過去廖立又把標鎗來王慶將刀桿打落去了第一鎗又標來王慶將手接住又標第三鎗來王慶便跨下鎗從頭上過去廖立見標鎗不中再將牌打來王慶將刀桿橫打去把牌打落在地上廖立下頭拾牌被王慶在腿上打一下廖立大叫一声倒在地上孫勝張新連忙扶起廖立曰不枉了果是教頭叫安排酒來相待王慶曰哥〻休怪這是容情不下手〻不容情當下王慶吃得大醉至晚三娘扶王慶去睡了三娘未吃酒不敢與睡坐在床上拿着朴刀以防廖立來暗害至二更只聽廖立打開房門將刀便砍三娘急起身迎住廖立曰你這賤人敢來迎敵我先吃我一朴刀這王慶醒來听得三娘與廖立相鬥潛身起來提了朴刀出來把廖立腿上搠一刀廖立大叫

劍地孫勝張新各提刀來向前封護廖立當夜大開筵席只得讓了第一位與王慶坐三娘坐第二位廖立等依次坐了大設筵宴慶賀王慶曰我今為山寨之主即起紅旗一面上寫劉五郎王慶五個字即招軍買馬不消一個月總集一萬餘人馬糧草無數却說金劍先生李杰聞知王慶

王慶拜李杰為軍師

在紅桃山招軍買馬大喜便令人去汞州鎮上請龔正兄弟二人此時龔正因王慶打死黃達吃官司收在汞州城牢裡龔端使錢賄賂知州并上下人等救放回家兄弟二人見金劍先生請來請商議事務二人即同來都到李杰庄上杰接入草堂分賓主而坐便曰今有王慶占了紅桃山為寨主招得一萬人馬在彼他不久稱王我今請二位見王一同上山去慶賀投奔他以圖下半世富貴未知二位意下如何二人听了大喜曰領命李杰當下收拾財物次日三人起行不數日來到紅桃山關下小嘍囉問曰你等是甚人李杰曰我是汞州鎮故人李杰龔正龔端三人特來投奔王頭領小嘍囉听了即上山來報知王慶連忙與廖立等下山迎接入寨施禮分賓而坐李杰曰今日我等三人敢來賀喜王慶曰如此多謝即教安排酒來相待王慶曰小弟不知龔都頭二位如何得到敝寨龔端把弟連累官司事說了一遍王慶曰幸蒙恩人九事在此共享富貴以報大恩當日酒散次日王慶欲讓第一位與龔端坐端曰小弟才疎力薄不敢當此位只可為老爺兄宗李杰曰王頭領依舊照旧坐位龔端坐第六位龔正第七位小牛坐第八位王慶從之即拜金劍先生為軍師便商議大事李杰曰可傳軍令第一不許殺人放火第二不許奸人妻女第三不許胡乱打劫客商違者定按軍法一面令人搭蓋房屋以為聚軍一面招接天下好漢王慶從之不一年手下招得勇將一百員雄兵二十万霸秦州一六郡衆人等着王慶稱為楚王建宮殿自占了淮西一帶城池民則官軍屢戰他敵不能取勝王慶自料宋朝沒有对手乘

宋江調兵征進淮西

勢侵占池南地方官軍抵敵不過以致告急文書旱雪片奏來當日早朝道君皇帝陞殿文武官拜罷天子問伯太尉曰宋江等今為國家建立功勛當封他高官重職以報其勞言未畢太師蔡京奏曰啓奏我主得知今有淮西王慶作乱占去一十七座軍州比田虎之患勝过十陪今據河南地方乞陛下速調宋江等前去征討成功回朝封爵未遲天子聞奏即頒旨封宋江仍為征西大元帥盧俊義為副元帥吳用公孫勝喬道清為参謀孫安卞祥關勝等為揔兵餘將皆封指揮使再着殿前張仲德為監軍郎招討便一同領兵征進郑說宋江正與衆將商議事務左右人報今有天子差中使傳聖旨來到宋江忙教安排香案領衆將迎接聖旨到中軍宣讀已罷中使曰聖上言公等以忠義許国故又有此命可即准備起行勿負聖上德意言訖辭去宋江與盧俊義聚集各營將佐商議進兵之策宋江曰今淮西路徑更雜若无鄉道之人安能前進潘迅向前告曰小人世居淮西此去路徑関隘都晓得宋江大喜即令裴宣分撥征進人員頭一隊副元帥盧俊義部領正偏將佐五十九員喬道清等引馬步軍兵一十七万由陸路而進第二隊正元帥宋江部領正偏將佐六十員山士奇率游驍雄兵四十万水軍頭領李俊領了將艦一十八員

却是阮小二阮小五阮小七張横張順童威童猛共領水軍七員駕船前望瀾江進發其餘押陣將佐三十二員却是蕭讓金大堅樂和朱貴宋清蔡福蔡慶李立李雲焦挺石勇王定六引領軍馬五萬隨後保護張招討為後軍接應宋江分撥已定即日出師朝廷中使一員給賜賞勞諸軍酒肉已畢宋江即催趲三軍人馬取路沿汴河大路而進又令人傳報李俊等水軍舡隻同時進行畢竟此行何如且听下回分解

宋江喚問潘汛路徑

○第九十九回　宋公明兵渡呂梁關　公孫勝法取石柳城

信術公今復有推　三軍何必更躊躇　声名此日知誰氏
瘴疠真已就為除　萬里歸裝先惹甚　凡有行藏自圖書
天心肯護公明望　鈛鉞还看到海隅

却說宋江人馬水陸並行已到桐關屯扎下三個大營左營盧俊義兵馬中營宋公明後營張招討各自首尾相接不斷當日宋江問潘迅曰此去是何關隘潘迅曰此面地名飛燕坡淮西地界須打破呂梁關方可取石柳城宋江曰此去賊境不遠即令當兵到處元帥營中傳令使孫安前去打听消息盧俊義得令便撥孫安等七員將引兵二萬迤逦奔飛燕坡來哨探且說呂梁關守將二員曾文劉敏聞知宋江引兵到來二人商議督戚曰宋兵初入吾境未知虛实可開關殺出必然取勝劉敏曰只可堅守令人報知石柳城王將令他調救兵前來把守不消三個月他粮食必盡人馬自退何必與他交戰督戚不听即引人馬下關迎敵督戚出馬大罵草寇敢來犯界教你片甲不

回余呈出馬喝曰助惡匹夫敢自誇口兩馬相交戰不十合被余呈一刀砍了劉敏大敗奔呂梁關望石城而走孫安等奪了呂梁關駐屯宋江召孫安余呈賞賜了畫余呈為首功却說石柳城守將謝英丘翔黃施俊這三員大將足智多謀當日劉敏敗回訴說督戚不听某諫失了關隘王將

劉敏殺死宋將任光

司作准備黃施俊與丘翔商議迎敵丘翔曰今宋軍遠來利在速戰只宜堅守城池則宋江自退矣不必出戰黃施俊不听其言遂引謝英劉敏出城列成陣勢孫安人馬已到黃施俊曰天兵到此尚敢抗拒黃施俊大罵殺不尽的草寇輪刀便戰鬥上三十合黃施俊敗走謝英便舞斧來敵孫安任光便來接任戰了十合被劉敏殺死孫安見了任光却把謝英斬為兩段黃施俊見了與劉敏收兵走入城內孫安亦收兵回見宋盧二元帥訴說折了任光宋江不勝悲泣便令四門圍困攻城却說黃施俊因折了謝英遂依丘翔之計再不出戰宋軍一連攻打十數日城不能下宋江與吳用公孫勝商議曰賊兵堅守此城如之奈何公孫勝曰惟有東門地勢略低小弟今夜術起五里黑霧來遮掩我等人馬一湧逼城下舉火燒毀城樓衆軍一擁而上城必破矣宋江大喜傳下將令公孫勝先登拱秀山披髮仗劍作法用水一噴喝声道疾只見黑霧漫空遮了軍兵只聞金鼓之声東門盧俊義催兵上雲梯登城那賊城上賊兵不見宋兵來攻孫安率敢死之士各提利刀一擁上城黃施俊看見望西門而走于雅于王兵得了東門打開宋兵一齊殺入守城兵潰乱丘翔劉敏抵當不住安仁美活捉丘翔劉敏被楊雄一鎗刺死只有施俊走出西門于王追去被黃

施俊一箭射死鄂全忠趕來黃施俊回身便戰鬥上十合被鄂全忠斬于馬下宋江大勢入馬入城令人救滅城中火出榜安民計點將佐折了上五其餘衆將都來請功孫安首登城池公孫勝用術佈法鄂全忠獻黃施俊首級梢森獻刘敏首級安仁美綁解丘翔來見宋江問曰守城之計

宋江入城衆將獻功

是汝之意乎丘翔答曰仕秦為秦是某之計宋江曰今被擒來若肯委心歸順即赦汝罪丘翔曰今日城破被擒有死而已早賜加戮宋江听罷不忍誅之吳用曰此人用之不可放之亦不可宜將丘翔解去張招討処斬首以令其衆詩曰

孤城打破力難支　被擒忠心更不移
若使其言聞聖聰　不知那個是男兒

話說宋江已得了石郁城令人齎王處首具備榜申張招討任光同理一処再申文催張招討移入馬鎮守石郁城郁催入馬望梁州進發前一哨虜元帥三軍都到睦塊坡屯扎這梁州有守城統制官姓上官名義使一柄鉄鎚重四十八斤有力夫不當之勇所知宋江大軍臨城不遂出副將吳炎李東張壽商議吳炎曰今宋江入馬相近只宜堅守城池上官義曰既宋江兵臨城下先與他一戰服後文作計議探子來報宋江兵已到上官義即令李東張壽引兵三千出城迎敵虜元帥部下吳得真出馬首取張壽正聞間李東便來夾攻宋元見了挺刀接住廝殺上官義亦引兵出城殺來江　輪刀便戰上官義掄鉄鎚打死江虔吳得真見江虔落馬措手不及被李東刺于馬

上官義打死姚期等

下宋元大敗走回本陣見盧元帥訴說折了吳得真江虔盧俊義大怒即令人報知宋元帥宋江所知折了二將悲傷不已傳令教拔寨都起先令唐斌相士成胡遠姚期姚約余呈引兵直到梁州城下搦戰上官義見了便引鳳引凰兄弟出馬唐斌見了舉鎗便刺二人戰上十合蕭引鳳輪刀拍馬來協助相士成出馬迎敵詐敗而走引鳳趕去被相士成活捉了蕭引鳳正待來救被唐斌一刀砍了馬腳亦被捉了西兵大敗奔入城內唐斌同衆解蕭引鳳兄弟請功宋江親釋其縛賜坐便曰二位見玉如肯同扶宋室終不失封侯之位二人再拜曰既蒙不殺願為小卒宋江大喜設席相待次日宋江領兵閗攻梁州城郝說上官義見捉去蕭引鳳兄弟即與吳炎商議兵　曰今宋兵攻城只宜堅守若洮陽秦州二処兵到前後來攻則宋兵自退上官義不听自引兵出城來戰宋陣上姚期出馬與上官義交戰鬥上三十合姚期力怯姚約挺鎗來全攻上官義力敵二人先一鎚把姚閒打死下馬姚約見兄落馬措手不及亦被殺了文仲容大怒挺刀直取上官義鬥上三十合崔埜狄雷一入出馬助戰上官義抵敵不過撥回馬走入城去三將直趕到城下城上炮石打下來文仲容收兵回營宋江見折了二將心中憂悶先討可攻城吳用商議吳用附耳低語對宋江曰如此如此宋江即喚蕭引鳳兄弟問曰我欲令你兄弟詐降之計裡应外合以取城池你心下如何蕭引鳳曰我兄弟既蒙元帥不殺之恩願行此計宋江即令入馬退去七十里屯扎蕭引凰二人辭了宋江前去楓霞領刻令稍百姓村民一百餘人黃昏時候直來

城下叫曰我兄弟今迯走回來有急事報知可開城門□自見守門軍士逕來府中報說有蕭引鳳兄弟帶了衆人走回上官義曰快開城門放他入來不多時蕭引鳳兄弟帶了衆人來見上官義曰你兄弟今日如何得回引鳳曰我被捉去因在後營詐自縊制出戰又殺他一二將宋軍各有退一志又見統制連日不出兵糧盡又慮洮陽二处救兵到因此退七十里屯扎被我二人殺了監軍奪了一疋馬迯回到半路遇見這縣百姓皆言被宋江四下擄掠放火燒了房屋要殺入城中避難故同引入城上官義聽了大喜遂留下衆人不疑却說秦州王慶當陞殿文武拜畢秦士門近有梁州洮陽等处申報宋江已取了白梁關石祁城等处了今又攻打梁州甚急汝等衆人如何計議大史汪克明曰臣觀乾象見西南旺氣沖天各处將星散亂惟有正東朗正应淮西分野王公可發救兵前去相助可保无危只見上將廖立奏曰以臣愚見梁州守將上官義足智之人必能拒敵可差殿前都尉樂端領文書而行秦王准奏轉入后宮與段妃登紫虛臺

洮陽文書申奏秦王

賞月衆嬪妃伏侍王慶飲酒忽所得臺下有人彈箏唱詞音調極清王慶令人去喚來見不多時從人引一女子上臺拜見王慶問那女子何処人氏女子曰妾乃杭州教坊司之樂女小名翠英往年遭方臘之亂被調兵掠至秦州寓居臺側今夜因感鄉彈箏唱詞聊申情怀王慶曰你可再彈一詞伏侍寡人飲酒明日取你為妃子翠英听說抵頭罵曰草寇強梁幼年曾侍奉上皇出入宮禁豈肯伏侍反臣哉王慶大怒即令軍校推下臺斬之

有詩為証

王貌花顏槩落時　憤然壯志勝男兒
須臾一死荒臺下　尚有清風明月知

秦王段妃登臺賞月

是夜酒罷自後王慶與段妃宮中取樂不出理事却說二都尉領兵來到梁州入見上官義將王慶旨意備說前事上官義笑曰王公過勞心志汪太史何消多慮遂將蕭引鳳之言說知樂端曰如此則宋江无能為矣上官義設席欵待畢却說宋江退兵于龍山屯扎與吳用曰蕭引鳳在城中必有主意今可率兵圍城林冲關勝引兵攻打東門白玉宋達得引兵攻打北門佘呈怀英引兵在南門城下埋伏了各听炮号一齐進兵宋江吳用等攻打西門各人拔寨齊起來到城下軍校報知上官義大驚曰宋江軍馬既退今又攻城蕭引鳳曰今宋江部下人无鬥志各生怨心不如乘勢殺出大事定矣吳炎諫曰只宜堅守等待救兵到來上官義不听即引兵出城殺來正迎着秦明戰上三十合佘呈出馬來夾戰上官義力戰二將忽後軍來報東門火起已有宋兵殺入城了上官義大驚望洮陽而走佘呈趕去宛家馬失前蹄被上官義回馬活捉去了原出蕭引鳳見上官義出城上放火斬開城門放林冲關勝殺入城來李東張寿吳炎慌忙上馬殺出城蕭引鳳曰李將軍何不歸順宋元帥李東大怒把蕭引鳳刺死冲出東門正遇着白玉宋達得二人大戰被白玉刺死宋江軍馬入城府堂坐定衆請功關勝献吳炎首級怀英活捉樂端賞士降擒李正宋達得献李東首級単走了上官義那蕭引鳳兄弟被李東殺死白玉陷在河边被牙

上官義回馬捉余呈

門軍殺死余呈赶上官義後偏宋江見折了四人令人尋屍首葬之提報張招討催軍起行望洮陽進發且听下回分解

此一回折將五員

吳得真　江度　姚期　姚約　白玉　金皇

新刻全像水滸傳二十一卷終

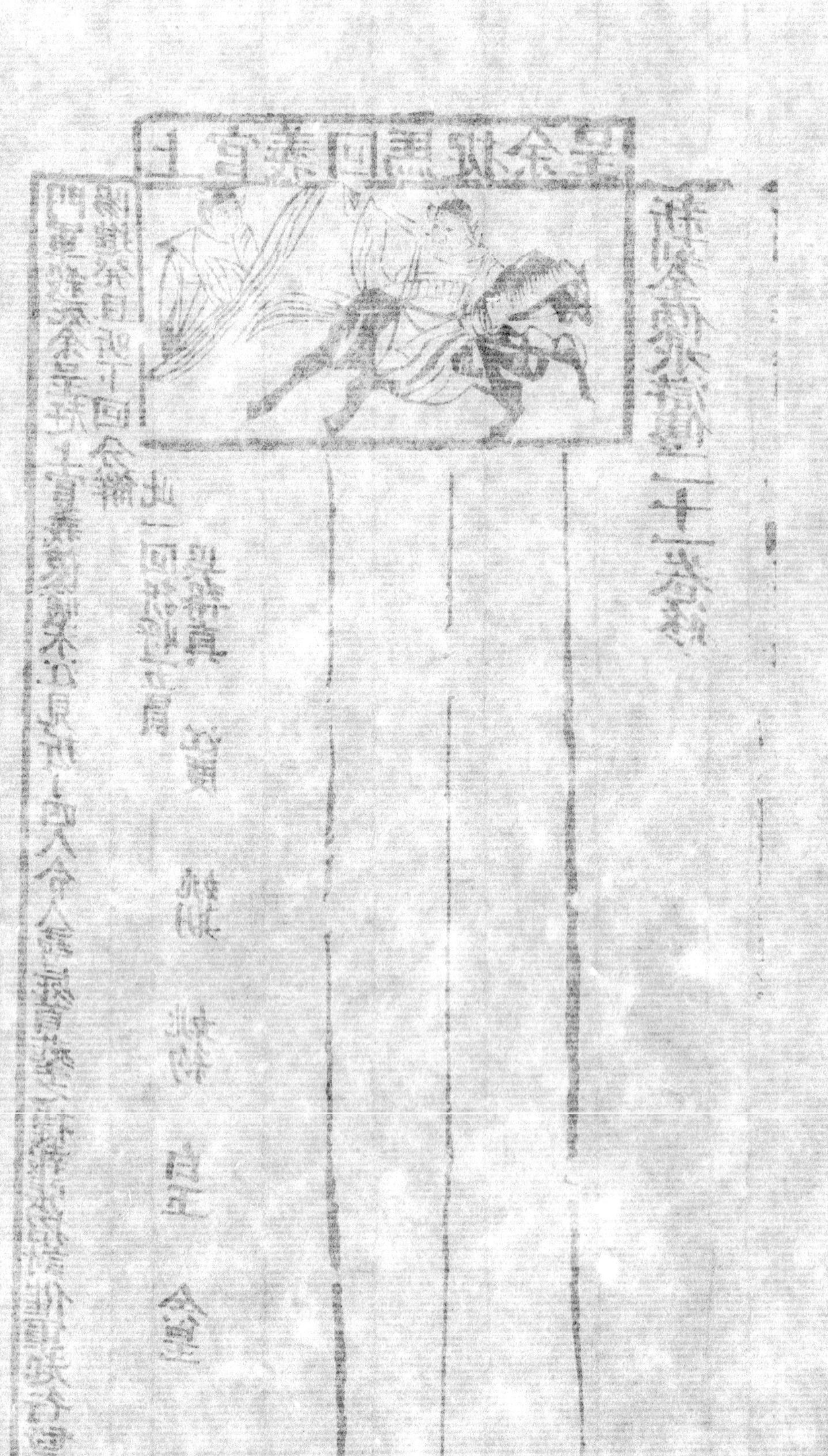

新刻全像忠義水滸二十二卷

〇第一百回　李逵受困于骆谷　宋江智取洮陽城

殘飛紅花映酒盃　離筵愁思更徘徊　恩威正好酬深願
各位何須及早催　夜月醉後旗影動　秋風特送角聲悲
將軍未得封侯印　西地兵疲亦可哀

宋江撥人馬攻洮陽

宋江撥朱武董平楊志徐寧索超柴進穆弘雷橫楊雄石秀等十將鎮守其餘大隊人馬望洮陽進發令戴宗催促水軍進越江相会又見李逵來見宋江曰哥々如何不與我去出戰我要領兵攻取洮湯宋江曰洮西路途崎嶇恐有疎失因此不令你行只見項充李衮鮑旭潘迅孫安柏森全忠許宣沈安仁斉曰小將等認得此間地理願幫李哥々同去立功宋江曰各宜用心點一万人馬與李逵等先行自統大隊人馬隨後而進却說鎮守洮陽大將二員一人姓刘名以敬上党人氏一人姓黃名仲寔下邳人氏俱受王慶偽封都督兵馬使之職刘以敬父刘進亦宦官出身黃仲寔幼習兵法當日正商議宋江兵圍梁州之事忽報上官義領敗殘人馬走入洮陽黃仲寔即請相見上官義訴說被蕭引鳳兄弟獻詐降計襲了梁州捉得余呈來見二公計議再復梁州之策以敬教解進余呈不跪以敬曰汝今被擒肯降否余呈曰誤遭毒手恨不食你之肉何肯順從駡不絕口以敬命推出斬之年僅二十八

歲後有詩為証

一點忠貞死義心　余呈不跪寔堪欽　萬古芳名並不泯　至今青史定褒称

上官義敗走入洮陽

却說以敬曰公今既失梁州宋江必長驅來攻洮陽可一面申文書與王主知会令撥精兵前來救應這里點軍准備迎敵忽哨馬報有宋軍前來打城刘以敬即同黃仲寔上宮又登城上看認旗号上寫黑旋風李逵以敬曰久聞這廝是梁山泊第一個兇徒慣殺人的好漢必須先擒之以挫其鋒使宋江不敢正視洮陽黃仲寔曰量此一勇之夫可以計擒傳令四門堅守仲寔曰離城東二十里有一地名駱谷兩下尽是高山只有一條路入去後面阻絕山頂有一小徑通越江人馬不堪行明日交戰可以詐敗引入谷中却令我軍從小徑走出隨即將樹木乱石塞斷路徑前面山口埋伏弓弩在兩边把住使他人馬外不能入內不能出不消十日之間李逵所部必餓死于谷裡矣以敬大喜曰此計甚妙次日以敬教心腹牙將子山祠求兩個帶領步軍五千多設弓弩旗頭埋伏在駱谷口待宋兵殺入就把住山口以絕他後追人馬于柯二人引軍去訖却教黃仲寔部馬軍三千開西門迎戰李逵見了把雙斧撒開手挽兩斧立在陣前鮑旭仗着一口大板刀隨于側手項充李衮各手挽蛮牌列于陣前黃仲寔當先李逵也不打話輪起板斧直搶過陣鮑旭項充李衮便去策应仲寔見李逵來得兇猛撥回馬望滿東而走李逵大叫拔將休走仲寔引兵直走谷中李逵不知是計引衆一併趕入谷中去後面鮑旭孫安等領前軍催動人

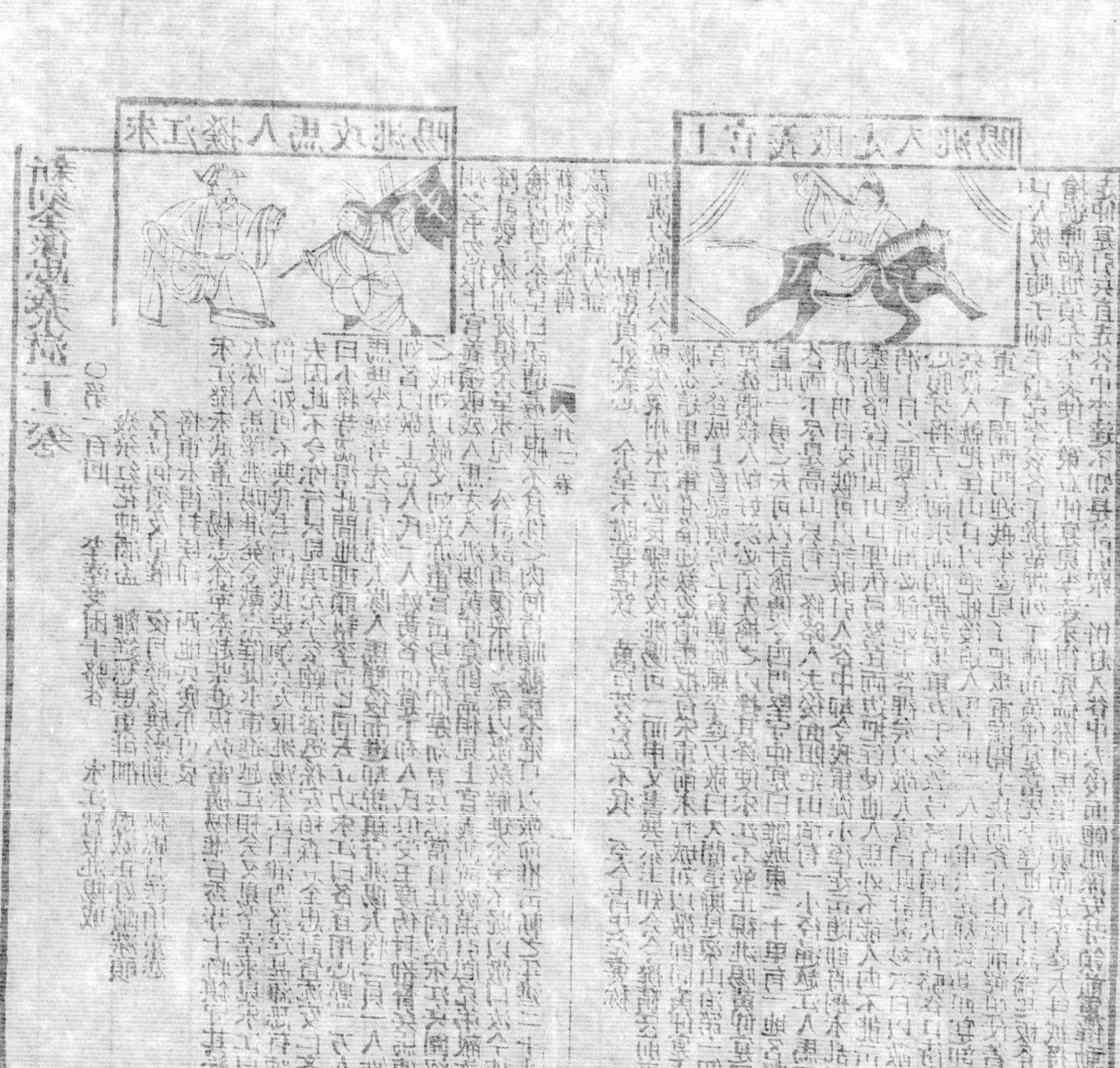

馬來到不見李逵等孫安大叫曰李兄中了計比及衆將殺入山口纂坌之時只見兩边高山一声梆子响埋伏弓弩齊發鮑旭轉身便走于柳一人赶來許宣沈安仁向前當住一陣于立郎墨步戰却打千斤之力揮起鋸刀把沈安仁斬于馬下許宣挺鎗來戰不想面上中矢而死孫安力敵殺退追兵保得鮑旭潘迅等走回于立柯來令軍士壘斷谷口那個能勾入

李逵等受陷於駱谷

去李逵等殺入谷中黃仲寔從山径運走出便將乱石樹木塞断其路李逵典項充李袞并二千步軍在谷中不能得出李逵叫曰只管拚死復殺出去項充曰可已且休性急今中他計只得小心尋路出去若殺出山口必有賊兵守把枉送性命李逵依其言與衆人結做一團困在谷中却說宋江陞帳忽報余呈不跪受死宋江哭曰余將軍死不辱君毋受其戮是宋江之罪也哭之未息又報孫安等回說李逵被賊引入深谷困了又斬沈安仁射死許宣今俱衆人回來只有李逵項充李袞并二千步軍不知下落宋江大驚曰我正慮李逵不熟地理故教你們相助出戰今却遭困如之奈何潘迅曰不是地理不熟只因李將軍一勇殺去因此中計宋江曰今困在那里潘迅曰洮陽城東一十里地名駱谷乃是山峻陡絶之地主帥勿憂小弟去詢問有小路通得駱谷之時即去救之宋江即令潘迅去問路潘迅引数軍人逕去村落中遥望見楊柳林中潘迅問田夫曰前面是那里田夫答曰是楊柳庄有一善士姓葉名光孫在那里居住他平日好接待天下有急難之人若去探他兄有不納潘迅所說即同軍人逕到庄上訪問通了姓名葉光孫迎入倫酒款

待潘迅說起宋公明久聞賢士大名專來邀請葉光孫曰某亦久聞宋元帥名望遂同潘迅來見宋江宋江問曰義士是誰潘迅曰是本処人氏姓葉名光孫宋江曰義士可指引一條路逕去駱谷救出我軍必當重報葉光孫曰小人祖居于此屢被王慶賊害今王元帥到此我等重見天日

潘迅引光孫見宋江

當引一路過駱谷便是洮陽西門宋江即請光孫上帳重待懇請取城之計葉光孫曰小人恨王慶深入骨髓若王師委用雖死不辭只要着信之人同去方可吳用曰汝言有理即遣潘迅孫安相森安仁美鄧金忠五員王將帶領二百餘人隨葉光孫同去行事分付曰足下此去不可遲悮我隨後便有軍馬到城外策應葉光孫辭别宋江同衆回楊柳庄去了却說吳用與宋江傳令会戶元帥先教凌振准備火炮為号着令河北將李勝范簡夏江孫岳四員將引一枝軍在此埋伏東山小路听号炮起脉後進兵再撥宋逵得懷英貢士降申屠礼于茂五將引一枝軍馬離城二里屯比司仔举洪貢山士奇陸祥四將引一枝軍望南門而進各待黃昏以後听葉光孫消息就勢取城諸將得令各自准備去了却說光孫回至庄上酒食相待庄客有八九十人俱整刀鎗弓弩伺候光孫與孫安等說曰此去西山有一小路逕透駱谷內須待晚間開路進前若迎守兵奮力殺之孫安定計軍日晚孫安引衆出庄逕望深山而來四下高崖峻嶺人各披藤附葛而行是時九月天氣凉風透骨樹木零落星月之下葉光孫曰前面樹石深處正是駱谷之路並無人守孫安教軍士將木石撇開孫安等向前去轉過一山望山下谷中見李逵與衆軍人圍遶一

宋將越嶺救出李逵

光孫縛逵賺取洮陽

圍而坐孫安髙叫李逵听得声音快叫下来相見孫安大人丁嶺見李逵說知兼兄引路来救就中定計取洮陽李逵曰若不来救再過兩日皆餓死于此処孫安即取帯来乾粮麪餅與李逵衆人分食之葉光孫曰事不宜遲乘今夜就把將軍與我等綁了連夜去見守把谷口二將他若問時我自有答应即将帯到城下着令開門洮陽可破矣若待明日則此計難行矣即吩咐衆人走離谷中葉光孫同孫安等回到庄來三更時候即令衆點起火把各執刀鎗將李逵等綁了簇擁在中問解前谷口來守把二將望見山下火把齊明大声發喊即披甲看時見山下綁了一四个人来到葉光孫向前叫曰今夜三更捉得賊谷中走出宋兵因不識路逕被庄客捉了說是梁山泊李逵恐怕宋兵得知來搶連夜解來可速開門守城軍即報刘以敬知道以敬所得捉了李逵想必因餓走出遭擒不勝之喜遂來城上看時火光中認得是自家軍將即令開西門葉光孫先把李逵麻絹割斷了手下遞斧李逵接過大叫曰認得俺旋風黑麽斧起処于立頭已落地項充李袞已脫去索項充一刀砍了柯来首級衆人一齊動手以敬正點軍殺出凌振放起炮号各処宋兵齊進孫安等殺入西門早迎着刘以敬被孫安一劍揮为兩段就撒林上放火城中鼎沸那黃伯寔廷知軍入城開水東門望東山小路而走行不一里喊声齊起火把冲天朱逵得当先攔住黃伯寔無心恋戰拍馬撞過一鎗已刺死朱逵得怀英隨後趕去放了一箭黃伯寔並絃而倒早射下馬衆軍齊上斬了首級比及南門兩下宋兵一併殺將入城上官义走不出城自刎而

新刻水滸全傳　廿二卷　三

亾此時天色已明孫安葉光孫等已得了洮陽飛報宋元帥宋公明大隊都入城中出榜安民將佐来請功懷英献黃伯寔首級孫安献刘以敬首級殺死牙將不計其数乱軍中山士奇被敵樓上火墜下燒死陸祥乱軍殺了宋江又見折了朱逵得山士奇傷感不已請過葉光孫来堂上曰足下此功不小啓奏聖上就封你鎮守洮陽官職葉光孫曰小人乃山野村夫今将为干将分上行此一計取了洮陽但願早早征服淮西再覩太平誠为幸也封官其寔不願宋江見其慕義重賞禮物而去衆軍報知上官义自刎而死宋江令剖上官义心肝以祭李逵宋江自作祭文祭曰

哀上忠良　丧守綱常　雖死不跪　受戮恚昂　罵不絶口
魂魄渺茫　宋江功畢　不使身亡　嗚呼哀哉　伏惟尚享

祭畢忽空中顯現言曰兼兄追祭今歸陰府亦难报答兄保賞休日年之日再得会言訖而去宋江總兵回入洮陽撫报張招討不勝之喜且听下回分解

此回折將五員　沈安仁　朱逵得　許宣　陸祥　山士奇

○第一百一回　宋公明夜游玩景　只學宦権握談兵

將軍承命西西州　劍戟光芒射斗牛　克勝不殊吳漢策
縱擒並典孔明術　昔時河北擒困虎　今驅王慶上皇州
捷報九重天子悦　皇封御酒降龍楼

却說張招討得宋江捷报即將部將功勳標寫册簿差官賫表進上奏皇上于御案之上天子看罷

宣宿太尉問曰宋先鋒为寡人出力征服淮西殺死今張招討有奏來説連何以封賞宿太尉奏曰宋先鋒多建奇功陛下宜頒爵勵厥見我王不負功臣之德天子曰卿言正合朕意傳旨號下紅錦袍五十領綠錦袍一百二十領皇封御酒一百四十埕詔敕一道敕賜御書盡忠報国四字金銷千旗上賜與宋江另賞張招討宿將宿太尉就文德殿辭了天子回到府中打點了錦袍御酒上馬引從人登程來到石祈城張招討正副迎接入城先將帶來酒袍给散軍將使人來洮陽報知宋江宿太尉賞御賜來宋江引衆迎入府將御賜排列開讀聖旨

制曰朕撫中夏以帝萬邦遐邇同風稽首水隆泰顯淮西賊逆不恭敢仇大邦誘以命之徒縱犬羊之衆擅據疆場虎一拠边郡兒兇翻領嚚訟積怨神怒人憤勦殄有期爰命虎臣往行天討惟尔宋江兄弟寔分閫外之寄为予爪牙整我六師修飭边備奉摘從之路邁制勝之譏云旗西指此誠壯士功名之会也今特頒賜御酒錦袍并銷金御旗一面以慰軍士乘明号令賞罰同士卒之甘苦聿山川之形势玩兇掌上視賊目中戰必勝攻必克掃蕩巢穴用彰天威時汝之德方世不朽故茲詔諭想宜知悉

宋江剖心祭余呈

宋江等俯伏謝恩畢宿太尉令將酒袍御書盡忠報国金字旗與宋江請宿太尉并衆將各列兩边將錦袍當衆給散惟有朱武董平楊志徐寧索超史進穆弘雷横楊雄石秀正將十員鎮守梁州并水軍頭領在越江征進各令人送將去宿太尉曰王上深知元帥多受勤苦用心建功故

命下官賞送御物到營宋江曰托賴皇上洪福太尉威風連取幾座城池爭奈損折河北戰將數員宿太尉曰日前張招討奉上提振表章只称先鋒衆將之功朝廷怎知損折將佐之情下官回京必當奏帝宋江称謝設宴数待宿太尉將佐排列而坐都穿御賜錦花飲御酒各已沾恩已畢宿太尉相辭宋江并回京宋江送至二十里外方回與衆將計議征進之策往潤迅問洮陽東去城下一派大江與秦州隔多少路潤迅對曰此去尽是水路一派直抵越江口王慶設精兵鎮守須用船隻征進若過了越江便是九灣河水勢極險難通舟楫王慶僭称之後新設城池在河口岸上以为秦州之屏障撓大將精兵鎮守破得此处又是陸路從東鄭山過聞知此山妖怪出入之地人不敢行過了這幾处去秦州不遠宋江曰既是要從水路征進可再令馬灵前去报與水軍頭領李俊張順三阮兄弟等知会進兵馬灵領了軍令去了宋江與人馬屯扎洮陽以候水軍消息每日與盧俊義吳用公孫勝喬道清同至望江楼是日晴明但見江上天光一色水波不興前人有詞名一剪紅

景色酒沙河月鉤兒掛浪鷩起兩岸楼浅碧依痕嬾涼生潤山色新修蛾釣舡拱絲深傾嶼唱得船底有吳歌一段清風西江和靖赤壁東坡往事水流雲去岸山川艮是當貴人多少老樹高低疎星明淡只有古今消磨只幾度潮落甚人海空只笙風波閑看江湖心覺誰肯漁簑

宋公明等跪聽聖旨

随行軍校將酒食堆開席上宋江在楼中與衆人坐飲数盃酒後倚欄玩賞半酣对衆人曰宋某

宿太尉辭宋江回京

一吏耳多得衆兄弟义氣相從恩同手足在梁山泊聯一心要與朝廷建功立業幸得天從人願畧有根苗皇上洪恩促兵在此駐守洪陽誠乎兄弟效力而使然也往常軍中勞悴今日暫覺偷閑尔衆人各言志取樂貝用答曰仁兄所言正要我等各陳其志足見深愛之情然人之志各有不同挹且用本山野村夫智識微一擲無濟世之才常懸西師之命未曾建功甚亦可恥我時洗脫名韁拂袖日山林上追赤松子之遊下效陶淵明之樂豈不快哉未知遂其某之志否宋江曰先生之言差矣豈不聞後嘗馬援征交趾之日年有六十餘歲尚云大丈夫當死于沙場用馬革包屍而還豈死於牀席之安哉況我比賴衆兄弟威風先定大遼次平河北今又奉勅討平宜民平生孝識與皇上尽忠掃蕩賊巢班師回京必封高官重爵[illegible]形于臺閣留名于後世此大丈夫之志也公孫勝曰仁兄之論猶如金石只有一存當今之世非比太祖之時昔日太祖建與之初命將出師削平四方內有賢相資成之功外有良將克敵之效故曹彬下江南潘仁美定蔚州太祖不時遣使撫恤勳勞今昔皆得上聞以此上下無忌故師臣用命所向成功今之皇上左右有蔡京楊戩高俅童貫皆嫉賢妬能之輩惟恐邊塞成功讒間朝廷蒙蔽聖聽我等戰死沙場彼亦不惜一旦狼烟寧靜四海昇平之後非但不敢過望封侯且有兎死狗烹之禍誰念兄長今日此言哉戶俊義席間笑曰男兒之志在于四方戶某自北不被離之後得蒙仁兄援力相救上山同與六义幸今皇上降詔招安乃得與朝廷出力征討四方今當取封侯立功名而不辭其志則平昔所学豈不徒然只有喬道清默然不語宋江曰衆人各有其志先生如何不答喬道清答曰喬某幼學道法志在江湖不幸失身于田虎得蒙仁兄提携以充帳用貧道有何才識而能建功立業哉今不過衆軍相從征淮西若得干戈平息之後相辭仁兄仍前尋師講明全真之理修煉身形以終天年其志之願也宋江所辭衆人之言惟有戶俊義之志與已同公孫一清與喬法師二人所論皆有隱遁之志曰若平復淮西功成之後當遂二公之志不敢苦留公孫勝喬道清道恭稱謝今日領仁兄之言後勿失信宋江曰決不負今日之所許各隨宋江下樓同皆有詩為証

軍中閑暇賞江樓一望烟波水澈流隋上英雄陳所志公孫惟願隱林坵

宋江等宴賞望江樓

次日宋江只在軍中與吳用閑勝花榮呼延灼等列坐談論兵法吳學究宋江曰孫武子有十三篇兵法而佐吳王姬光雄霸一方諸侯不敢加兵張良得黃石公傳授兵法扶助漢高祖遂滅強楚此皆兵法之功至于漢末諸葛孔明輔佐劉先主戰必勝攻必取多因依兵法而行汝衆人曾聞其說乎吳用答曰諸葛孔明乃漢末第一人才力蓋三分有鬼神不測之機呼風喚雨之術只是後人少得見其傳耳吳用不才幼學武侯韜略日文論道一字不忘仁兄不厭小弟背讀與兄听之宋江大悅曰願聞其說吳用曰武侯新書其中首五十論數交通行法遂一訴說孔明新書內中妙法無窮深利兵家之用勝敗篇云夫賢才居上不肖居下三軍悅非上卒畏懼相議以勇鬥相望以威武相勸以刑罰此必勝之理也若三軍數驚士卒惰慢不出礼信人不長

日法相恐以敵相詐以利相嚗以禍惑以妖言此必敗之兆也論天势篇曰夫行兵之要有三一曰天二曰地三曰人天势者日月清明五星合度風气調和也地势者城峻重崖洪波千里石門幽洞羊腸曲沃人势者主聖將賢三軍由礼士卒用命粮申堅備善用兵者因天之時就地之势

宋江吳用談論兵法

依人之力則所当者無敵所擊者万全矣地势篇曰夫地势者兵之助也不知戰地而求勝者未之有也山林土陵石阜大川此步兵之地平原小坡廣竹楊騎此車騎之地倚山附澗高林深谷此弓弩之地草淺土平可前可後此長戟之地芦葦相参竹樹交横此鎗矛之地矣論情势篇曰夫將有勇而輕死者有急而心速者有貪而喜利者有仁而不忍者有智而心怯者有謀而情緩者有畧勇而輕死者可暴也急而心速者可久也貪而喜利者可迂也仁而不忍者可劳也智而心怯者可欺也謀而情緩者可襲也論擊势篇曰古之善鬥者必先搞敵情而後圖之凡師老粮絕百姓愁怨軍令不肖器械不修計不先設外救不至將吏刻剝賞罰輕懈營陣失措戰勝而驕可以攻之若便賢涅能粮食足餘甲兵堅利四隣和睦大国应援敵人有此者引而避之此是論其畧而巳孔明行軍調將歷代軍師能匹休乎奈其未得其真傳耳言訖宋江深服其論忽报馬灵已回宋江召入軍中馬灵曰水軍頭領李俊等駕船即到越江不遠听得前哨报曰越江岸上王慶有軍把守先回报知宋江听罷便問潘迅曰越江此去尚有陸路進得泰州否潘迅答曰越江一漫見水路洮陽從南去可進九滑河須馬騎兵接应水軍登岸便見東鷲山下宋江

傳令誰敢部领前去接应九湾河水路便將只見帳前六員將齊曰小將願去有分教江波險处皆成一塲鏖戰艨艟戰艦折了数員猛將直使魚龍夜月吞殘血軍卒雖支喪此身听下回分解

○第一百二回　燕青潛入越江城　李雄敗死白牛鎮

元戎为將歷年多　韓范才名宋始過
胸中兵甲敢誰何　關外謳謌徯興匹
陸續三成狂寇滅　柳黄今番諸夷惧
將軍歸旧沐恩波　榆宗風高万姓削

李俊遣將探聽虛實

堂下帳前轉過孫安柏岱刘全忠安仁美示祥李勝六員將向前禀曰小將等蒙仁兄大德收錄無恩可报今日願領本部人馬前去接应宋江曰賢弟凡位既要與朝廷而力此去越江岸上都是高山林麓下通大江賊城堅固墙垣密凋女打銀維你們掛酌而行就撥一万人馬前去孫安拜辞率軍而洮陽望越江接应宋江將人馬扎住待米軍取了越江然後進発却說水軍撐船征進從鴨水而江口商議進兵之計張順曰日前馬灵回报必有軍馬在陸路来接应作速進兵渡江登岸與哥〻復相会李俊曰賢弟之言極是争奈此去水势險急又况冬天水落石出岩岸巣港战船要雖多難以前進差人去来而哨探知其虛實然後進兵方保無危只見盛本山縣降池方三人曰小將不才願知水面深淺帶船前去哨探李俊曰你等用心前去帶水軍一百拖旗息鼓哨探快回速三人離江四十里見江上並無一舡又無軍人守把三人引軍直哨到江口望見岸上一湧城池周圍皆水門边竪起旌旗

不見動靜城頂燈籠推在前面照得通紅盛本一人各在船上看了半晌城池四边墻垣俱是石城中隄防疾緊急能得破回去报知主將又作理会只听得一声梆子响城上守軍齊発弓弩竹箭撓鈎乱攢打来盛本眼中一矢倒在船裡山景隂看見叫曰將船使轉快避矢石一百水軍將船轉時山景隂頂上又着一標鎗刺落水中池方跳上壕岸走時不防城外壕塹裡埋伏水軍既鈎搭住池方活捉去了一百水軍射死大半走得三十餘人救了盛本負傷而死越江城都總管乃上死人氏姓危名招得原是海洋劫賊王慶知其勇遣人招伏为將使把朴風刀重五十斤王慶賜他一疋駿馬名为火炭騊高六尺登山渡水如履平地此人萬夫不當之勇手下有三員统制官一名張经祖一名刘悌一名偉凱皆饒陽隴右人俱会水戦王慶初畔重用四將统五万雄兵把守越城听知宋軍来征淮西整點頭領預备迎敵四將正在軍中議事守城軍來报曰昨夜有宋軍在江上哨探被我們知覓乱箭射死無数一將走上岸来被我等挠鈎搭住綁来見總管危招德即令人斬首懸門号令便與張经祖商議曰昨夜逃回軍人必报主將知道定発水軍前来攻城傳令軍士牢守各門不要出戦日前蔡王與汪太史勅旨来說天罡星逼犯將軍之位正位淮西分野令我們仔細隄防堅守刘悌曰聞梁山泊頭領李俊張順深知水性又能捱戦他若到時决一勝負偉凱曰他軍深入吾境不知深浅總管准备迎敵殺他片甲不回吾之願也危招德曰既你們要一併下將令把戦船排列江口四向出戦使他首尾不能救应刘悌引支

賊兵埋伏宋將遭傷

軍埋伏東門偉凱引支水軍埋伏東壕關門令張经祖守城引大隊水軍出西門迎敵衆軍得令各自埋伏却說宋軍逃回水寨报知李俊〻大驚曰方纔哨探尚未進兵使折三將有何面目回見哥〻即傳令四寨水軍俱各進兵奔越江而来以復其仇李俊前哨水撑駕巨艦離江五十里望見越江口擺列下戦船不計其数但見

艨艟連列舳艫均排魚鱗密布左右列二十四部绞車雁翅齊分前後擺一十八艘器森〻戈戟如麻閃〻刀鎗耀白金鼓聞喧驚鵝水底蛟龍盔甲鮮明駭起沙边鷗鷺攪起滔天巨浪掀番滚雪洪涛旋歷錦绣千層霞彩散青山刀道寒光一片樹陰遮綠水宛若長江迎祖狄犹如赤壁拒曹公

李俊催趲船隻急進當下披掛立于船頭上手童威下手童猛各執兵器令水軍搖旗擂皷吶喊而進只見越江西門開処水港中放開来戦船湧開如蚁而出当先一員大將正是鎮守越江總管危招德橫刀立于船頭李俊忿怒便率戦船順水勢殺過去危招德駕船来迎兩下吶喊交鋒二人戦上二十餘合江面上戦船相連金皷之声震動山川兩下箭矢交加犹如雨點宋軍船上戶元顯跳下輕船從傍殺入只見越江岸上一声炮响四下伏兵戦船瀰江而来東

劉悌韓凱計議行兵

水門刘悌船先到正迎着戶元顯相鬬数合被刘悌一鎗刺落水中藥淸望見撇劍当面飛去早劈着刘悌左臂倒在船裡水順流面門落水張横張順阮小五阮小七搖船來接应危招德恐宋軍逼進水門便拋了李俊收回戦船都入水門去了李俊亦不敢追退回四十里北下水寨計點

軍将又折了斤元顥悶〻不悅張順曰這里水港深濶城又堅固我軍如何進得入今日若不是我兄弟劍斬傷他一将時我等全輸銳氣不如令人報知宋哥〻再討救兵來友可成功李俊從之即令戴宗人却說宋江等在洮陽城計議進兵之策忽報戴宗回令入相見戴宗将李俊等折兵

李俊大戰危招德

損將敗討救兵之事說知宋江〻得折了五員將佐不勝悲傷便問軍中誰敢領兵去救应只見楊春陳達燕青馬灵怀英貢士隆申礼七員将向前稟曰我等願領兵前去相助宋江即撥歩軍一萬隨燕青等進越江來李俊等接入水寨相見了燕青曰小弟臨行哥〻分付令兄弟須防賊計弟明日哨探一遭自有計議当日李俊設席管待衆人却說危招德退入城中曰刘彬折了左臂血暈而死宋軍雖退終久來攻当何勝之張經祖曰公可傳令今夜率快船用火攻討前去劫寨必獲危招德曰此計大妙着令韓凱准備火攻之具先進危招德引軍駕船後進當晚分撥已定開水門悄〻撐船望宋軍水寨而進來到李俊水寨不遠窩地探看将李俊戰船内隱〻有光巨艨艟作三処安下果然衆軍睡熟不作准備韓凱却将戰船漸挨至李俊船傍衆軍齊声発喊金鼓乱鳴火箭火炮射入宋軍水寨只燒着李俊等船火光竟天李俊等俱在夢中驚将起來船頭看時光焰得水面通紅韓凱手提利刀当先殺進李俊大叫曰今夜中了賊計衆人各宜用心迎敵生死休離道罷手撚金鎗抵住韓凱交鋒正戰之間後面危招德引軽舸從傍殺進矢発如雨葉清迎住被招德一矢射中左臂負痛退走三阮并孟康侯健等戰船四下殺來救

征近近鑼鼓見宋軍衆船相逼恐有疏失撥轉船頭順流回軍李俊半夜裡亦不敢追次日天明水寨燒毀哨船七十餘隻射傷軍卒不計其數葉清箭瘡不甚而死計點衆將都在单不見燕青衆人皆疏懷英曰

孫安卞祥議論進兵

昨夜迎敵之時只顧向前廝殺弓箭乱射落水中貢士隆曰燕青為人最机密不致有失昨夜兩下船相逼不分彼此莫非雜在賊船上去可使人揺船去四下跟尋李俊悶〻不已只得令軍前去尋訪一面申报宋公明得知原來燕青自到水寨見李俊之後自去越城看了地勢因夜混乱殺賊一人脫賊衣着了雜在危招德船上回到城内躲在城僻处依前脫了軍衣寓居越江城北門詐称臨安客人來這里趂食以候消息裡应外合取城却說孫安辭了宋江前來接应水軍從石獅嶺進兵当下人馬到東山日屯宋北下栢森安仁美鄒全忠卞祥李勝商議曰我們離洮陽将近半月前面是白牛嶺関上把得甚緊不能過去卞祥曰此関險峻若攻有傷只宜智取孫安曰願聞高見卞祥曰孫將軍一面准備攻関可令鄒将軍領一支軍埋伏左関之下安仁美引一支軍埋伏中路樹林間先引兵戰詐敗走十里外放起号炮兩下乘勢殺進其関可取矣孫安曰此計甚妙即令安仁美鄒全忠各領軍埋伏孫安自引大隊前来関下搦戰却說守將是王慶外甥李雄同牙將二員畢先焦勝領精兵一万把住当日报来宋将旗上寫着魯龍手孫安在関下搦戰李雄听說與畢焦二人商議曰近日秦王有旨令我們十分隄防今兵至関下如何退兵畢先曰宋軍深入不知虛實小將去殺一陣必擒來將李雄依言

聞人世崇射死仁美

令焦勝守關自與畢先領五千兵開關殺下孫安見關上有兵而戰心中暗喜各擺開陣勢畢先拍馬[illegible]鋸殺來孫安仗劍迎敵鬥到十合孫安撥馬便走畢先拍馬赶来李雄引後軍乘勢追殺約赶十里宋軍中号炮連响伏兵齊而早被鄧全忠首先殺入關上放起火來這里畢先正追間後軍报来宋軍入關畢先大驚復回孫安望見關上火起撥回馬赶上一劍揮作兩段李雄不敢回關上投樹林而走伏兵截住李雄退走不迭被安仁美刺死于馬下孫安合兵齊上關來鄧全忠捉住焦勝奪了白牛鎮孫安把焦勝斬首号令計點軍將李勝并被賊打死孫安令尋李勝屍首埋在關下人馬就關上屯扎次日次白牛鎮望九龍湾不遠孫安將人馬靠山下寨令楊森引一了兵前去哨探消息楊森引軍去哨了一遭回報曰九湾河離本寨九十餘里河下擺列戰舡不計其数岸上倚山立一大寨寨下鹿角十分隄備下祥曰今日我軍長驅而來他怎不准備明日只顧進兵打他旱寨若能勝之則水寨不攻自破矣孫安依言次日催趲人馬有詩為証

戰鼓忙撾動地雷　征旗急展遮天錦

不想英雄從此去　身歸神後馬空回

却說九湾河守將是王慶結义兄弟複姓聞人名世崇淮西曲河人氏原是舡夫而身能挽得七八十斤硬弩使一枝方天戟也是個殺人不轉眼的魔君偽受兵馬都監之職同兩員指揮使共守九湾河一個姓刘名星虎一個姓祖名虬皆是上党清河人各使一把鋼刀有万夫不当之勇当日陞帳听得宋江人馬到九湾河又有軍馬從旱路來襲秦州這九湾河乃

秦州第一要縣去处若被宋軍渡過則秦州難保矣忽报宋兵到寨前聞人世崇便披掛上馬手提方天戟與刘星虎祖虬引五千精兵而迎兩軍列成陣势宋陣安仁美而馬挺鋸與聞人世崇大戰五六合聞人世崇詐敗安仁美要顯頭功縱馬赶去世崇便扭身指射一箭早中安仁美面上墜下馬來孫安急救刘星虎祖虬從傍殺而宋軍大敗退五十里下寨聞人世崇得勝收兵回寨孫安曰今日進兵又折一員名将損其兵卒奈何下祥曰不必深憂兵法云夫遠征必用土人而得地利須尋本处居民來問路徑然後進兵賊可破矣孫安即令人尋覓土人且听下回分解

此回折將三員　葉清　李勝　安仁美

○第一百三回　孫安病死九湾河　李俊雪天渡越水

萬古交馳似水傾　滔滔名利足亡身　當疑好事成虛事

却想閒人是貴人　老逐少來終不失　辱先榮後定須均

劝君莫蔡誇頭角　夢裡偷閑總未真

孫安尋問居民路逕

話說孫安殺敗一陣下祥令人覓一老者姓寇名古来見孫安曰問路逕何处可以透得秦州老人曰小人被王慶催攪科差民不聊生小老当指一路此去九湾龍王庙最好埋伏後就是淮西寨棚通得秦州先占龍王庙直望河口使賊不敢登岸只攻旱寨前後難以救应無不勝矣孫安大悅曰挑老丈之言不獨能明地势抑亦深知兵法孫安令取酒相待賜銀十兩老人辞去下祥对孫安曰賊見吾敗必有欺敵之心主將只作少粮把軍退

宋江埋伏賊將傷敗

四十里屯扎却説聞人世崇得勝一陣令人打听回报曰宋軍退五十里今粮将尽却退四十里刘黒虎曰宋軍既缺粮草人必疲倦可乘此势今夜去刼他寨必獲全勝聞人世崇依計留祖虬守寨同典刘黒虎往偷刼宋寨却説下祥典孫安曰賊人疑我缺粮今夜必来刼寨可調鄧将軍先引一支鉄騎軍埋伏龍王庙側听方炮發可截他下河之橋将軍引一支軍後帶火炮埋伏他寨边詐作刼寨回軍乘势殺入他寨中放火炮为号軍中縛了九隻口在彼如此如此衆将各自埋伏去了却説聞人世崇與刘黒虎披掛上馬引兵前進馬摘鈴軍啣枚疾走到宋寨前世崇催軍殺進入得寨門並不見一軍却是空寨回身便走中軍内火起孫安伏兵四边殺出齊殺将来聞人世崇叫曰刘揮使可殺回本寨我却殺奔九湾河來接应比及刘黒虎殺回本寨之時栢森去寨边叫曰宋軍已收可急開寨来接应祖虬點起火把部軍殺出迎着栢森手起一鎗刺下馬來宋軍乘势殺進就寨裡放起火來光燦山川声震大地聞人世崇正開血路奔走到龍王庙却迎着鄧全忠大喝賊将快下馬受降免汝一死聞人世崇落荒刺斜而走被鄧全忠赶到河边手起刀落斬于馬下西兵淹死者不計其数刘黒虎奔回本寨見寨中火起急回馬走孫安赶到前面一剣揮作両段宋軍赶殺淮西兵到天明都到龍王庙來請功九湾河内守船将听知宋将攻破旱寨各自弃船逃走孫安人勝又得許多戦船不勝之喜一面使人报捷宋公明知道即令催軍接应李俊水寨是日就龍王庙立营大賞三軍設宴賀功孫安曰今日見得成功皆高卞将

軍之謀只是可惜折了安仁美李勝二将孫安即令人設位安排祭儀親自俾奠哭祭之哀情動三軍無不下淚有詩为証

両征经戦他　鎧甲已曾離　秦上皆塵土
軍中捲纛旗　英雄归土壤　魂魄附沙泥　祭奠情何切　三軍为発悲

孫安夢見龍王來請

孫安在营中倦神思困倦伏几而睡三更時分忽見一人來叫曰九湾河神王有請乞将軍就行孫安問曰神王在那里其人曰只在前面久寺去則便知孫安听説即跟其人來到一庙孫安仰面看時見金字牌額曰九湾龍王庙孫安徐歩到堦殿上見一尊神頭頂晃旋金冠身穿皂龍袍金童玉女侍立左右孫安俯伏在地神王離位扶起與之叙礼畢坐定便問将軍両師得意否孫安躬身答曰託部下衆将齊心今已破賊雖未建大功頗遂微意神王曰将軍先事田虎後帰貞主今日行軍到此功却成矣淮西之地不久平復此処乃将軍之旧都明日当復归矣孫安不知何説欲待再問被神王把手一推孫安忽然驚覺乃是一夢便覺心腹絞痛肢体增寒天明不起視事将衆听得都來問安下祥曰将軍貴恙何如孫安将夜夢與衆将説知又曰孫某此回再不能與諸公破賊矣下祥曰夢寐之事豈足深信将軍奈心善保無事是夜孫安発心痛数遭大叫三声而死次日衆将見孫安已死無不下淚下祥令将衣衾棺槨殯殮託申文报宋先鋒知然後定奪有詩嘆曰

七尺身軀氣势雄　当時功績已成空　不知驍勇归何処　惟有杜鵑啼血紅

宋江祭奠大哭孫安

却說宋江在洮陽屯扎日久令人探聽候孫安消息報來云李俊被賊夜來劫寨失了燕青宋江大驚正與衆議去跟尋又接孫安連報捷書尚未回答又報孫安已死九灣河屯扎龍王廟夜感重疾死于軍中宋江正憂未了又得此報掩面大哭曰孫安之功為征淮西第一未得封爵而身先死深可惜哉吳用曰仁兄快率軍到九灣河接應水軍亦訪燕青之消息取秦州在目中矣宋江傳令撥戶先鋒部下將佐十五員鎮守洮陽是黃信孫立宣贊郝思文韓滔彭玘單廷珪魏定国歐鵬鄧飛呂方郭盛王英燕順扈三娘統兵五千鎮守有安道全稟說藥料用尽可令人回京關支宋江即差戴宗回京關給就留安道全在洮陽等候宋江分撥望九灣河進發先令人報知下祥引衆將而十里接到龍王廟扎下宋江請下祥人帳中問其備詳下將取門牛鎮次破皇寨勦殺賊將又把孫安夢見神人之語臨終命我說與先鋒得知宋江听羅猛肽想起往年征田虎之時屯兵懸甕井夢見雞官神人說孫安是淮西九灣河龍王廟神我未深信今聞孫安之語正與我夢神人之言相同也即將其事與吳用公孫勝說知吳用曰若依此說孫安誠非凡人矣宋江曰我必親往祭之便問孫安灵柩下祥曰殯殮停在九渉河岸側孤山下正待先鋒定奪次日先鋒令備祭儀同吳用公孫勝喬道清閃勝下祥前來孤山下陳設祭儀令其子孫折掛孝排列祭文大哭而祭哀動三軍祭罷向龍王廟令將孫安灵柩葬于孤山下立碑以記其功宋江謂燕青連日不快只見廟主李道人曰此廟神籤極驗將軍何問便知下落宋江與吳用詣

宋江等龍王廟祈籤

到殿前拈香設拜宋江祝罷求籤問神祇抽得籤第十二簽解曰

冬風正尒入江干　鴻雁漸分卒見雞　待等東雲垂地日　一場勝氣破愁顔

宋江得籤令吳用公孫勝解辨吉凶吳用曰此籤內之言燕青尚在宋江曰何以見之吳用曰籤頭句曰冬風正尒入江干目今正是隆冬矣其時見鴻雁比我兄弟們一時不相会得待等東雲垂地日莫非目下必有雪降一塲勝氣破愁顔此是攻取越江大勝消息宋江大喜遣快船望上流直去李俊水寨報知克日進兵這里接兵以候消息却說燕青在越江城裡住了二十餘日與軍校胡顯情好甚密犹如兄弟凡事與燕青商議說知此越江城十分堅固兄長若要成功即日守西水門牌軍是我哥〻胡俊我邀来相燕青見那人倒身便拜胡俊連忙扶起曰小人與足下素未相識何当重敬胡顯曰不瞞哥〻說此人是宋公明部下一員正將綽号浪子燕青他潜入城要行裡应外合之計小弟爱此人忠义一心要幫他成事哥〻何不棄邪歸正取了城池投順宋朝豈不得個名節我看王慶氣数不久今日特邀哥〻商議此事胡俊曰既兄弟有心歸降我願從之但事不宜遲就這几日內可取城燕青曰願求二公妙策胡俊曰足下可修書一封我明日令一健卒赴西水門帶書去見你主將令他約日来攻我這里候他軍到開水門接应其計便成矣燕青大喜即寫攻城日期書札一封與胡俊胡俊辭了燕青令一軍人直至李俊水寨前叫曰城內有机密事报知宋軍引入寨內其人丁頭髮髻內觧下書札呈與李俊李俊拆

燕青通俊裏應外合

開書看却是燕青說裡应外合取越江事李俊看罷不勝欢喜重賞來人分付曰准定三日兵到城下休要失信来人領諾入城回話李俊與張順商議進兵張順曰此戰必須去請凌振到来方可進兵李俊即令一軍駕快舡望順流來到九灣河龍王廟見宋江說知燕青事要取凌振一行宋江隨令凌振帶火炮同李逵項充李衮前去相助四人便登快舡迳奔越江水寨來見李俊却是第二日了李俊即便令水軍舡隻各挨帮而行三阮同孟康施恩陳達楊春從水軍東港行去二張與孔明孔亮侯健馬麟舡隻從水南進發李俊自與李逵項充李衮童威童猛怀英貢士隆中屠礼戰舡望水西征進当晚彤云密佈朔風大起第三日忽然降下一天大雪鋪了江岸白潔如銀李俊與怀英等曰昔日宋公明哥〻以雪天曾打破北京城今日趁此大雪正可破賊巢矣怀英曰主將之見不差可先令凌振准备火炮候黄昏左側推到城下點放城中震動必有人内应李俊曰汝言極是即令三路水軍都近黄昏而進听号炮起各各進兵分撥已了凌振起舡先進带領炮手俏俏推近城下此時城裡燕青已约下胡顯胡俊都准备了將近初更守城士卒因天氣寒冷都去睡了燕青立在水西門城頂望見水寨中火光不絶戰舡四散知行動静挨到二更凌振就水門岸边放起十數個号炮震如巨雷危招德正在行营賞雪飲酒听得号炮响大驚急令人哨探各水門守城軍听得各奔入城燕青就敵楼上放起火来胡顯兄弟打開水西門李逵挑兩柄板斧首先殺入項充李衮相帮入城〻中鼎沸淮西軍卒散漫燈生危招德急

披掛上馬引七百護從軍卒殺東門迎着張横登岸一刀砍断馬脚危招德跌番地下众軍齐上剁为肉泥〻百護從軍殺死大半〻杜经祖慌忙走出西門外遇李逵一斧劈死韓凱走出東門見無去路跳下水中被阮小〻一把揪住提上岸来三路水軍併殺入城淮西兵死者不計其数詩曰

朔風飛雪聞干戈　却似囊沙巧計多　堪笑狂徒恃險阻　枉教兵卒死江波

燕青成功來見宋江

怀英貢士隆中屠礼

次日天明李俊一面安民了請燕青来見李俊降階接曰今賢弟建此大功世之罕有燕青曰多得城中胡俊兄弟乃成此大功李俊令人相請入報衆軍中將胡顯兄弟殺了李俊燕青不勝嘆息厚恤其家計點軍士折了貢士隆中屠礼被淮西兵殺了怀英墜落水死李俊見折三將悶〻不已当犒賞三軍傳得戰舡令孟康管領城中粮草勾一年支給李俊對燕青曰賢弟可親去報捷燕青乘快舡直至九灣河寨來見宋江將劫寨之時潛入城中得遇胡顯兄弟扶特取城却被乱軍殺死特来報知宋江大喜曰不知賢弟潛入城中建此奇功功非小也即與吳用計議吳用召潘迅問曰此去泰州還是如何潘迅曰水路則遲一月陸路較近宋江听了只從陸路而進即傳令人馬離九灣河望泰州進発此去東嶺鎮下生出妖邪怪異紅桃嶺上又見火滅烟消折將四員孫安

新刻全像忠義水滸傳二十二卷終